带我去阿尔泰

···给刘经纬
Dai Wo Qu Aertai

雪屏◎著

新星出版社 NEW STAR PRESS

图书在版编目(CIP)数据

带我去阿尔泰 / 雪屏著. 一北京：新星出版社，2008.5
ISBN 978-7-80225-471-8

I. 带… II. 雪… III. 长篇小说—中国—当代 IV.
I247.5

中国版本图书馆 CIP 数据核字(2008)第 042534 号

带我去阿尔泰

雪屏 著

责任编辑：罗 晨
封面设计：大象设计

出版发行：新星出版社
出 版 人：谢 刚
社 址：北京市东城区金宝街 67 号隆基大厦 100005
网 址：www.newstarpress.com
电 话：010-65270477
传 真：010-65270449
法律顾问：北京建元律师事务所

读者服务：010-65267400 service@newstarpress.com
邮购地址：北京市东城区金宝街 67 号隆基大厦 100005

印 刷：北京通州皇家印刷厂
开 本：700×1000 1/16
印 张：10.5
字 数：250 千字
版 次：2008 年 5 月第一版 2008 年 5 月第一次印刷
书 号：ISBN 978-7-80225-471-8
定 价：20.00 元

1

吱扭——

门一响，门缝里探进来一个脑袋，一个女孩的脑袋。

屋里人的笑声戛然而止。

你找谁？屋里的人问道。

我谁也不找，只是有点儿好奇，那女孩说。

好奇什么？

好奇在这里居然可以听到笑声，我搬进来已经一个星期了，还是第一次听到笑声。

去，这里少儿不宜，拜托。

你还挺酷，那女孩冲屋里的人做了个鬼脸。

吱扭，门又一响，探进来的脑袋就不见了。

门刚刚掩上，屋里的人就又笑了起来，而且越笑越想笑。

笑的起源是由捐献器官引起的。他为什么会想到要捐献器官呢，他也不知道，许是那种叫做心血来潮的东西在作祟吧。移植科的医生听说这个消息赶紧就跑来了，说是要他在一份捐献志愿书上签字才行。他说他准备捐献两个器官。医生问两个什么器官，他说一个是眼角膜，因为对这个五彩缤纷的世界他还没有看够，比如他没看过柬埔寨的吴哥窟，再比如他也没看过俄罗斯一望无际的白桦林，所以他要把眼角膜捐献出去,让别人用他的眼睛去看风景。

那么,你要捐献的第二个器官是什么呢?医生用舌头舔了舔笔尖,在志愿书上记着什么。他说他要捐献的第二个器官是生殖器官,因为他的生殖器官始终也没真正的派上过用场,以至于到现在连个儿子都没有,孙子自然也给耽误了,只好寄希望于别人了,叫他们拿着用去。

医生耸了耸肩膀,一本正经地对他说,眼角膜我们留下,生殖器官嘛,还是由你自己保管着,那玩意儿市场需求不是很大。他问医生如果市场需求很大的话,医生是不是也会把他的那玩意儿捐献出去?医生像盯着一个怪物似的盯着他,说真亏你想得出。

医生填完了志愿书,复核一遍,最后问他叫什么名字来着,他说他叫万喜良,不过,在这里没人这么称呼他,都叫他007,跟英国特工詹姆斯·邦德是相同的一个代号。007其实是他的床位号。一天到晚护士总是冲他喊,007量血压,007测体温,007该熄灯睡觉了,诸如此类。

临走,医生要他按个手印,这让他很不自在,他觉得只有在法庭上作所谓的呈堂证供时才会按手印。他对医生说不按不行吗?医生铁面无私似的回答说不按不行,他无奈,只好按了。

妥了。医生一脸如释重负的表情。

他说他要投诉这位医生,因为医生拒收他捐献的器官,一直忍着不笑的医生实在忍不住了,扑哧笑了出来。医生这么一笑,他也笑了。他这么一笑,倒觉得日子不那么寡淡了。

2

又是寡淡的一天,这一天值得一提的事情不多,只有两件,一件是死了一个,推走了;另一件是住进来一个,填了这个空。

还有，就是今天是探视的日子。

探视的日子往往是他最寂寞的时候。寂寞的时候，他的感觉就像是被链条锁在病床上，任凭病魔这只兀鹫叼啄他的肝脏，跟普罗米修斯一样。他唯一能做的勾当，就是侧身躺着，把脑袋枕在病床的床帮上，看天花板角落里的那只勤快的蜘蛛，它的网越织越大。

走廊上不时地响起迎来送往的声音，要多嘈杂有多嘈杂，跟国际航空港蛮像的。而在他的想象中，医院应该是这样的——安静，特别的安静，安静得有人走过甚至都会有回声，近似于历史博物馆。看来，想象总是与现实存在着差距。

所有的嘈杂几乎都来自今天住进来的那个人，据说是个处长。按说，这很正常，每个新病号大多都要折腾这么一阵子，形形色色的人粉墨登场，来表达他们的人文关怀，走马灯似的。当然，还少不了各式各样的花束，摆满病房的各个犄角旮旯，把病房布置得跟灵堂一样，起到一种粉饰太平的视觉效果。他也有过类似的遭遇。太多的怜悯，常常让倒霉的病人萌生一种末日审判的感觉，所以就特烦，恨不得跳楼。不过，别急，等他们知道你患的是不治之症，意识到你再也没有什么利用价值了，你就清静了，似乎所有的人突然间从你身边蒸发了，以至于你真的进了灵堂，竟连一个送花的都没有了，只能素素净净地上路。

万喜良是医院的老江湖了，早把人情冷暖看透了，心里明镜似的。

为了躲清静，他披上他的白色的病号服，到阳台上去待会儿。四月天，阳光明媚，正是享受日光浴最好的时节。他发现每个阳台上的躺椅上都躺着人，唯有隔壁的那个十分特别，居然用衣裳遮挡着阳光，仿佛怕晒。等那个人转过头来的时候，他认出她就是曾闯进他病房来的女孩。

嘿，她主动跟他打了个招呼。她用来看世界的那个东西，明亮而调皮。

嘿，他冷冷地答应一声。她太年轻了，又没穿病号服，所以他猜测她一定是哪个病友的侄女或是外甥女。她一副武装到牙齿的牛仔形象：一件牛仔夹克衫、一条牛仔裤外加一双带马刺的牛皮靴，棕色的。

我们已经见过面了，只是不知道该怎么称呼你，她说。她有一张如此表情丰富的脸，以至于他无法一下子判断出她此时此刻的微笑是善意的还是恶意的。

他就没有理她，躺下假寐，他以为她是闲得难受，没话找话。医院里这样的货色多得很，他总能遇见。听听别人比自己更加不幸的遭遇，毕竟是一种安慰，像心理按摩。

连续三天，他都是这样对她保持着沉默。

直到第四天，他才知道原来她也是个病人，而且得的是跟他一样的病，他的态度终于有所好转，她再问他该怎么称呼，他就说他住院比她早了三个月，所以称呼他"前辈"比较恰当。

那好，前辈，女孩挺乖地叫了他一声。我叫安静，一个很俏皮的名字，你也可以叫我静静，她又说。

你天天躺在这里做什么？

晒太阳呀。

晒太阳干吗还要用衣裳遮着？他奇怪地问道。其实，这时候的他，头上也戴着一顶帽子，一顶白色的网球帽，那是因为化疗，他把头发都剃掉了，剃成了一个秃瓢，可以跟陈佩斯相媲美，甚至比他还光亮。

我怕把皮肤晒黑了，安静说。

把皮肤晒黑不是一种时髦吗？他说。

你不觉得那样很媚俗吗，故意将皮肤晒黑，无非表明她是个有闲一族，是个有能力冬天去哈尔滨滑雪、夏天去三亚海滩游泳的中产阶级，而一个皮肤苍白的人则意味着你一年到头只能在办公室或工作间里埋头干活儿。没劲儿！她说。

挺个性,他想。不过,个性得有点儿冒傻气,难道你不知道从你迈进这座医院的那一天起,你就与世隔绝了,你就再也不能出去参加化装舞会,再也不能在公园的角落跟男孩子幽会了。你是一个囚犯。据他所知,到目前为止,还没有哪个囚犯是站着走出去的。

他懒得再跟她费口舌,每次晒太阳的时候,都是安静滔滔不绝地说这说那,而他只管枕着两手打瞌睡。逢上阴天下雨,他闷在罐头盒一样的房里发呆,她就会来敲门……

3

就在他开始习惯了安静在他的耳边碎嘴子唠叨不久,安静却突然消失了。连续好几天,她都没到阳台上来,更没来敲他的门,这让他很不安,而且不安指数一天天地不断地飙升,只要阳台上一有动静,他赶紧就探出头去看,当然,什么都没看见。

他曾想过去隔壁看看她,但很快就被自己一票否决了,这可不是他的一贯作风,从他住进医院以后,孤独和冷漠就已经镶嵌到他的基因结构里了。这里所有的病人都是各自为战,一个人的病房、一个人的阳台以及一个人的洗手间,跟火柴盒一样封闭,邻居们大多是老死不相往来,再说,串门在这里的规章制度中也是禁止的。该死的规章制度。

他只好拿一本书来打发时间。别人通常读书都是仰躺着,而他则习惯于趴着,两条腿翘着,还把枕头垫在下巴颏的下边。他原来是开书店的,专卖古旧书的那种。病了以后,就把书店兑了出去,整个一锅端,除了这本书,他没带走任何东西,包括那个象牙底座的俄罗斯台灯。这本书是一个叫洛德依当巴的蒙古人写的,书名叫《在阿尔泰山》,1956年作家版。不是说他对这本书有什么偏爱,只是顺手牵羊而已,也算是给自己留下一点儿念想吧。这本书是他带到医院来的唯一的一本书，读过 N 遍了，大部分的章节几乎可以倒背如流。闲得难受时，他就幻想着自己随着一支地质勘察队攀山越岭，或是在蜃气浮现的漫无边际的大沙漠里跋涉，那里盘羊、黄羊和黄尾羊数百上千地奔驰着，夜晚，他和他的伙伴们露宿在灌木丛中，点着篝火，喝着烈性酒和砖茶，深蓝色的天空中，无数的星星在闪光……他明明知道所有这些，对于他来说，都是不可能的了，可是他还是抑制不住地去幻想，并且反复地用想象去勾勒某些细节。医生说，这是强迫症的症状之一。说来也好笑，以前他曾经是那么的讨厌旅行，每次因为要进货而不得不去北京、上海或香港跑一趟，他就烦，就怨声载道。现在，他变了，变得渴望旅行，可惜，晚了，他的生命已经进入了倒计时。得，别胡思乱想了，还是哪儿凉快哪儿待会儿去吧。

隔壁突然传来一阵杂沓的脚步声，接着是推氧气瓶的车轮声，再接着是挪动输液架的声音，他估计，隔壁的那女孩一定是出状况了。他撂下书，一骨碌坐起来，像一只猎犬一样的竖起耳朵，倾听并判断着——这是值班医生来了，诊断完了又走了，这是护士来了，输上液也走了……等隔壁安定下来，他踮着脚尖走到那边去。

从这个病房的门到那个病房的门，只需七步，他统计过，不多不少正好是七步。他轻轻推开门，把脑袋探了进去。按理说，他应该先敲敲门，得到允许再进去，可是，别忘了，这是医院，医院里没那么多的规矩，哪个医生护士都是推门就进，从来用不着经过谁的允许。礼节，在许多场合是多余的，譬如医院就是。还有性别，在这里也被抹杀掉了，男女授受不亲那一套，纯属扯淡，他们只有一个共同的名字叫住院病人。

安静似乎正在沉睡，沉睡中的她几乎全副武装，输液管、氧气罩什么的一个也不少。玉兰一般苍白的脸上隐隐地现出些红晕，像喝了太多的龙舌兰酒。不过，还好，她的呼吸很均匀。万喜良心上的石头仿佛落了地，悄悄地要退出去。既然来了，就坐一下嘛，安静突然睁开眼睛,说了一句,把他吓了一跳。但他很快地镇定下来,两手揣在裤兜里若无其事地说来随便看看,看看这间病房的大小以及采光如何。她求他陪她聊聊天,她说她已经好几天没有运动了,医生一直让她躺着,无聊死了。他说她其实一直都在运动,随着地球的自转和公转坐地日行八万里,不要以为只有做做俯卧撑或是在跑步机跑一阵才算运动。

说得也是,她说。既然她让他在她的床前坐一坐,那就坐一坐呗,这个面子总是要给的。他问她得的是不是也是"那个病"。她干脆地回答说不是,她只是"那个病"的疑似病人,到这里做一个常规检查,很快就会获释。那就好,万喜良松了一口气,连连说她运气好,她也笑眯眯地说自己运气好。她没有询问他的病情,她知道她不该问的,其他地方的病友相见,话题总是围绕着病情,而这里则不同,反正得的都是不治之症,且都是晚期,下场是一样的,还有什么可说的。

幸好,她没有得上这种倒霉的病。那就赶紧离开医院,离它越远越好,他对她说。医院是个危险地带,逗留得越久,得的病也就越多,他才住进来的时候,只有一种病,现在倒好,神经衰弱、恐高和焦虑症什么的一股脑儿地都跑来跟他亲密接触了,轰也轰不走。

安静说她也许下周就会离开这里,最迟也不会拖到下下周。她觉得他的严肃表情特幽默,幽默得像马尔罗的小说《人的境遇》里所形容的那个词儿:一只板着面孔的麻雀。

他拿手指头弹了一下输液瓶子,用老电影里日本鬼子惯用的腔调问道,这是什么的干活?哦,我只是一直持续高烧,小毛病而已,安静笑着答道。他发现,她的笑所表达的意义有时候比语言更丰富,更有内涵。

一缕头发遮住了她的眼睛,他很想替她撩到脑后去,犹豫了一下,还是放弃了这个念头,转身走开了。

前辈,你给我签个名再走好不好?她温柔地央求说。我又不是明星,签什么名呀,他说。可是,她的那种温柔极具杀伤力,让他感到无法抗拒,他发现,他根本左右不了那温柔,那温柔反倒能左右他。我认识的所有人都会给我签名留念,而且还要记下详细日期,这样一来,闲时,就可以翻翻看,回想一下跟谁怎么相识的,相识多久了,不是挺有意思的吗?她说。他苦笑着一边说她怪癖,一边还是给她签了名,也许到明天他就会后悔了,后悔他让她要了。

她以前的确是经常搞这样的恶作剧,看哪个人不顺眼,就纠合上几个死党,追在人家屁股后面让人家签名,一脸的偶像崇拜表情,要多虔诚有多虔诚,非得把对方弄得狼狈不堪以后,她们才找地方偷着乐去了……不过,这一次,她却不是整蛊,只是想让他多陪陪她,她很晕。

4

他跟她再次见面已经是三天以后了。见面的一刹那,他的心怦然一动,眼睛里甚至还流露出某种近乎欣喜的光泽,但很快就加以抑制,绷起脸来,尽可能地使自己处于一级战备状态,基本上属于装他妈孙子那种。你好了?他故意冷冷地问了一句。

好些了,安静拍了拍巴掌说。一脸的轻松。

好些了就该回床上躺着去,别乱跑,小心再伤风感冒,他说。显然,这是逐客令。

本来,安静想说你以为我是纸糊的了,可是当她看到万喜良如此的庄严肃穆,灵机一动,就说我来是有三件事要说给前辈听,第一,是感谢前辈在我发烧的时候去慰问我;第二,是向你道个别,也许我明天就要出院了;第三……安静挠了挠头皮,一副欲言又止的架势。

第三是什么?他果然中了她的诡计,迫不及待地问道。

她要的就是这种艺术效果。第三,是我想坦率地告诉前辈,你不仅酷,而且很帅,她一本正经地说。

这时候的万喜良才意识到自己上当了，让这个小丫头给要了一把，又好气又好笑。我帅不帅我比你清楚，黑不溜秋的跟烤地瓜一个颜色，没办法，从生下来就这模样，压根儿不知道什么叫年轻，不过，算命的告诉我，活到八十岁我还是这德行，也不会见老。行了，你要说的话已经说完了，可以自由活动了，走吧，他说。

　　你跟我说一会儿话不好吗，我怕一个人待久了，会失语的，她恼怒了。即便是恼怒的时候，她也依然保持着天性活泼的本色，所以会给人家留下这样一个印象，得之于她薄的透明的嘴唇和那双明澈的大眼睛。早知如此，我就该去住八个人一间的大病房，起码有个人做伴，她说。

　　万喜良无言以对，因为万喜良也有过类似的念头，搬到大病房去最大的好处就是能有一堆人陪着你一起呻吟，而且病人们还可以组织起来，成立个什么什么协会，共同跟疾病作殊死的搏斗，听说，病人家属也搞起了俱乐部，每天传播各式各样的偏方，包括烧香念佛之类的，即使病人死掉了，这些家属仍然继续来往，跟走亲戚一样，岂不有趣？只是，病人们聚集一堂发牢骚却让他受不了，丈八汉子哭天抹泪——我怎么这样倒霉呀，张三多么多么缺德，李四多么多么卑鄙，他们都平安无事，我老实巴交一辈子，偏偏让我摊上了这种病，老天不公啊，等等等等，能把人烦死。靠，他们忘了毛主席说过的那句诗了：牢骚太盛防肠断。

　　你真要怕失语，就每天拿一本书念，最好是话剧剧本，《雷雨》呀《屈原》呀什么的，可以根据不同角色的不同语气高声朗诵，这里好多人都是这么做的，他给她出谋划策道。

5

　　他还是第一次到医院的后花园来散步，当然，要不是安静强拉硬拽,他也是不会来的。这座医院的前身是某个北洋时期的大军阀的府邸,雕梁画栋,亭台楼阁,斑驳中仍透着当年的奢华。脚下是一片绿草地,踩上去松软而富有弹性,且散发着一股清香,令他的心胸一下子豁然开朗起来。安静则干脆躺到地毯般的草地上,打着滚,一个劲儿地说好舒服啊好舒服。显然,她是憋坏了。病房简直就跟牢房没什么两样,待久了,会发酵的,会使人体产生某种化学反应。

她突然一把将他拉倒,咯咯笑着对他说大叔,你也依偎到大自然的怀抱中来吧。万喜良一个跟头栽下去,差点儿来个倒栽葱,他皱起了眉头说,记住,我不是你的大叔,我已经跟你说过了,叫我前辈就可以了。她悠然地将头枕在自己的肘弯上,喜盈盈地瞟他一眼,你都这么老了,叫一声大叔又有什么了不起。他说我刚三十二岁,老什么老!哦,安静吃惊得一骨碌爬起来,用含讽带刺的口吻说,你才比我大五岁呀,天哪,看上去满脸的褶子快赶上我父亲了,不信,哪天我把我父亲的照片拿给你看,我没瞎说。

他被她气坏了,站起来,就走,安静起身要去阻拦他,脚下一滑,哎呀一声,跌倒了,跌倒了就没再爬起来。已走出去老远的万喜良赶紧跑回来,只见她两眼紧闭,仿佛一座倒在灯火阑珊处的雕像。他拿去粘在她额前的一根草叶,抱起她,一边叫着她的名字,一边给她摸脉。他有一个病友就是这么死的,那天,他来找他借火,刚把烟卷点上,吸了一口,就扑倒在地,一摸鼻息,没了……

死丫头,快把你的眼睛睁开,快睁开呀,行行好,你可别吓我!

要我不吓你,也可以,不过有个条件,她突然说。

他说我又上当了,你这个小骗子,我真想暴打你一顿,以解心头之恨。

她笑了。仍然闭着双眼,只是更紧地偎进他的怀抱。他紧张地四处看看,看看是否有人在注意他们,果然,那边有一个坐轮椅的老奶奶,手搭着凉棚正往这边张望。赶紧起来,他命令她说。不,除非你答应我的条件,她梗着脖子说,一副不达目的绝不收兵的架势。看来,他似乎没得选择了,只好妥协。

说吧,说说你的条件。

她说散步的时候,你要挽着我的胳膊,特绅士的那种。

就这个? OK。他拉她起来,果敢地挽起她的臂膊。

她依靠着他,还把自己的手放在他的手上,弄得挺缠绵挺娇滴滴的。他在心里合计着,一旦有谁问起来,他就说她是骨科病人,忘了带拐了。

她似乎很享受,在享受阳光的同时,也享受着把头枕在男人肩头上的甜蜜蜜,而且还故作小鸟依人状。她说假如是在家里,我会给你做地道的烤土豆吃,那是我在英国约克郡学会的,就是把土豆拿松枝烤熟,用小刀剖开,抹上鲜黄油、酸黄油以及剁碎了的香葱和乳酪,味道绝对正宗。

他说想不到你还去过英国。她说不只是英国,还有法国、西班牙和荷兰, 年轻人不就是要经风雨见世面吗? 他说你使谁的支票簿,不会是自力更生的吧? 她说一半是自己的, 另一半则是父母赞助的,他们都在帝国主义国家教书,替人家培养资产阶级接班人。他还要继续问下去,她却用手做了个暂停的手势,说算了,还是不要再提他们为好。

6

他的那间病房永远是昏暗的, 因为他几乎常年挂着深紫色的绒窗帘,床头柜上的台灯也总是开着的。他除了偶然到阳台上去晒一会儿太阳之外, 其余的大部分时间都是躺在床上看那本关于阿尔泰的书,或遐想。病房里的摆设也是简单得不能再简单了,一部扯断了线的电话、一台没插电源的电视和一本美人挂历,每过一天,他便在挂历上画一个圈,对他来说,活一天就是赚一天,值了。

安静说他这里简直就是苦行僧打坐的破庙,青灯黄卷。安静还说一个人活一天就该有一天的尊严,得像个样子。她挽起袖子给他布置起来,先把她屋里的水彩画揭下来,贴他的墙壁上,再采些花草装点一下,连那些毛茸茸的加菲猫、史努比和泰迪熊也一起抱过来,摆在窗台和沙发上,立时,房间里就显得生趣盎然多了。他说你把你的这些小道具都转移到我这儿,你呢?她说反正明天我就出院了,用不着了。他说你昨天说就要出院了,前天又说明天就要出院了,好像前天的前天也是这么说的,结果呢,明日复明日,明日何其多,究竟有多少个明天够你拿来搪塞我的?她狡辩说计划赶不上变化,我也是没办法嘛。

她收拾完房间,掐个腰,检阅着自己的劳动成果,突然在万喜良的枕头下边发现了一个CD机,她说我以为你所有的细胞都坏死了呢,看来没有,起码有音乐细胞还活着,听谁的歌哪,是威尔·史密斯,还是布莱恩?说着,她将耳机戴上,听了两句,就把CD机扔到床上。变态,太变态了,你怎么可以把哀乐当音乐来欣赏呢,她气咻咻地说。

他说你只要仔细听,就会发现,哀乐远比贝多芬的《英雄交响曲》动听得多。

把它丢掉,赶快把它丢掉,她晃动着食指对他说,你知道你现在最该听的是什么吗?是猫王!是《温柔地爱我》,是《奶牛布鲁斯布吉》,是那些让你热血沸腾的东西!

他说我发现,你有一种天生的领袖欲,喜欢扮演上帝的角色,说完就笑。

安静坐下来,坐在他的对面,她还是第一次看见他笑,而且笑得很爽朗。

她说跟我说说你的故事吧,你以前是做什么的干活?

他告诉她他开过书店,也开过唱片行,还搞过广告公司什么的,总之,下海扑腾了好几年,既赔过钱,也赚过钱,仅此而已。当然,对现在的他来说,这些已毫无意义了。她问他,他赚钱的目的是什么,他摇摇头,确切地说,他也不是很清楚,也许,他说,我赚钱的目的就是为了病了以后好拿来治病的吧。

接下来,她又问到了他的民族、籍贯、出生年月日以及家庭成员,最后才问到了爱情。他说他仍然是个单身汉。她一脸困惑地说,你的智商不算太低呀,按说,骗个把纯情少女应该绰绰有余啊。他说都怪自己的嘴巴不好,缺把门的,整天胡说八道,结果,把人家都得罪跑了。

她说你举个例子吧。他说有一次一个豪放女好不容易答应跟他上床,他感慨地说了句,"对男人来说,其实性生活一直是一种目的,而对女人来说,性生活只是达到目的的一种方式方法。"人家一听,提起裤子就走了;另一次他跟某小姐谈婚论嫁的时候,他大放厥词说,"我们大多数的男女关系仅限于色情的层次上,而达不到情色的高度,因为情色是更神圣更形而上的一种东西,属于稀有元素,可望不可即。"其结果可想而知,挨一巴掌了事了。

她说你哪来这么多的废话啊?

他说美丽的废话是谈情说爱,高雅的废话是意识形态。

她说你这张讨嫌的嘴确实该打,挨一巴掌都是轻的,都算特赦你了。

他摊开双手说现在好了,用不着再为这类八卦烦恼了,因为医院是个让时光停止的处所,更是个让爱情止步的处所,爱情在别处,生活也在别处。

她说他太悲观了。他笑了,说才不呢,我从来就是个乐天派,然后拍了拍手说算了,对我的质询可以告一段落了,还是说说你吧。

她好像打激灵似的退了退脖子,脑袋摇得跟拨浪鼓差不多,我没什么好说的,一张白纸没有负担,可以画最新最美的图画。

7

有些东西是永远也适应不来的,比如化疗。每次回来,他都吐,吐得一塌糊涂,以至于他不得不抱着马桶一亲热就是半天。安静只能当一个旁观者,帮不上什么忙,干瞅着他凹陷而憔悴的脸凹陷而憔悴。

万喜良躺了下来。他的肠胃折腾得厉害,像分娩阵痛一般的痛苦,但是,他忍着,尽量忍着,不让她看出来,免得给她留下一个可怜虫的恶劣印象。男人在女人面前,注意塑造一下自己的形象,是必要的,也是必须的。

安静显得神经高度紧张,不时俯下身去摸他的额头,你是不是很难受啊?

他说不,一点儿也不。他枕着自己的一只胳膊,故意看也不看她,而是把视线凝聚在墙上贴着的招贴画上,那是诺拉·琼斯北京演唱会的大幅广告,上面的诺拉·琼斯背靠着钢琴正与他眉目传情呢。

她说你骗不了我,你难受的时候耳朵会动,会出现那种奇怪的返祖现象,我早就发现这个秘密了。这个时候的她,以往特有的倔犟的、倨傲的又喜欢寻衅滋事的表情不见了,深藏在眉宇间的则是真诚,是亲密无间的朋友才有的那种真诚,这让他有点儿感动。

他说我们去吃东西吧。她说你才刚刚吐过耶。他笑着说正因为吐过了,肚里恰巧一穷二白,才会饿,才会有补充热量的必要,这就叫做吐故纳新。她说那好吧,不过我们最好去吃越南菜。他犹豫了,说吃越南菜就得溜出去,要被医生抓个"现行"怎么办,准得挨骂。她说怕什么,谁让他们的食堂办得那么糟糕的!

打个车,一下子就找到了那家叫西贡的菜馆。本来他还以为找一个素不相识的地方会很难呢,安静说她有一个诀窍,有困难找的哥,的哥是一个城市最好的导游。果然,那顿饭吃得很香,很舒服。那里的碗都是椰子壳做的,有一种草木清香。吃得高兴的时候,她突然说我们做朋友吧。他说我们已经是朋友了。她又说那么，再往前发展一步，干脆做恋人得了，有了恋人春天会增加欢愉的希望，夏天会平添美丽的魅力，秋天会渗透宁静的快乐，也会使冬天温暖——没听说过吗，这是夏洛蒂·勃朗特的话。

他惊讶了，说你难道现在还没有恋人吗？不管怎样，她总是他生平所认识的女孩中最最特别的一个，特别的女孩必定特别招眼，怎么可能成为男孩情网中的漏网之鱼呢。他不信。

她说不仅现在我没有恋人，就是以前或是以前的以前也没有过。他说不会是真的吧，看上去你没那么小儿科呀。她说我大学毕业之后，每三个月就换一个单位，干什么工作久了，都会烦，所以很难交下朋友。他说你追求者匮乏吗？她说当然不是，不过追求我的人，我都不爱，我爱的人，要我去追求，我又不屑——就是这么一回事，懂了吗，傻瓜？

以后，他们是否能够成为恋人，就成了经常性的话题。他说要是在过去，用不着你跟我摇橄榄枝，我早就主动出击了，一举拿下黑风口。而她则说你想得倒美，要是在过去，我还不一定看得上你这个孔乙己似的人物呢。他耸了耸肩膀，说正好，两便。

短短几天，他们就把泰国菜、印尼菜、日本料理和韩式拌饭吃了个遍，而且每次出去吃饭她都要换不同的时装，化不同的妆，花枝招展得像个模特，走在街上回头率非常之高，她无所谓，倒把万喜良弄得极不自在。不过，他还是不得不佩服，她选择的时装和她所化的妆总是十分的相称，妖娆而雅致，看上去很养眼。

有一回，她甚至拖着他去了舞厅，跳了个痛快，两个人浑身是汗，完全沉浸在极乐的自我陶醉之中。只是他的舞姿惨了点儿。

跳完舞的转天，万喜良就跟骨头散了架似的爬都爬不起来了，她却依旧生气勃勃，非要拉他去晨练不可。他说拜托，别忘了，我是个病人哪，怎么可以跟你比，还是求你放我一马吧。她说他是自暴自弃，还送了一顶窝囊废的帽子给他。他说你要也是个病人，而且是个患我这种病的病人，就会对我多了一份理解和宽容。她说他把她看扁了，她要是患了那种病，她只会更加勇敢。那天上午，他们不欢而散。

好在，到下午，他们又和好了。晒太阳的时候，安静没头没脑地说了句，一个人，如果连一次真正的恋爱都没谈过就死去了，该是多么的荒凉啊，凡是生命所赐予的一切，我们都要享受到才是。

他说病痛也是生命所赐予的，你也要吗？你也去体验吗？她说你怎么知道我没有体验过，也许我正在体验呢。说着，扑哧一乐，又赶紧声明她是说着玩的。这时候，有一对麻雀跑到阳台上面来觅食，安静企图捉住它们，可惜，她的动作比麻雀慢半拍，没捉住。麻雀的窝就筑在对面的杨树梢头。他说别去打扰它们，它们是一对，正热恋着呢。她说我捉住它们是为了给它们补办一个婚礼，否则就是非法同居，你懂不懂？

他说亏你想得出，幸好麻雀比人聪明得多，知道婚礼是最麻烦最俗不可耐的一种类似宗教的仪式，所以才唾弃它。

她用观赏恐龙蛋化石一样的眼光观赏了他一阵，说你不喜欢婚礼吗，这个世界上居然还有不喜欢婚礼的灵长类动物！

他说他就是那样的怪物之一，很早很早以前，他就想，假如有一天他要结婚的话，一定不举办婚礼。宾主言不由衷的客套话，再加上永远千篇一律的程序，腻味死你，倒不如旅行来得惬意。

她说她跟他恰恰相反，从小就迷恋婚礼，特别是穿婚纱、戴戒指那些环节，更令她无限向往，她甚至还设想过婚后的生活，二人世界之余，每个周末都要跟老人在一起，男人们，也就是她的夫婿和她的父亲去谈他们的政治、他们的股票和他们的足球；而女人们，也就是她和她的母亲则谈她们的烹调、她们的穿着及她们的孩子，其乐融融……他倒吸一口冷气，插嘴说太老套了，你畅想的所有情景，都是十八世纪中叶的生活方式，听不出任何的时代特色。

颇为扫兴的她，本来雏菊一般的脸蛋，渐渐变得像荨麻一样，又有刺又有毒。她说酒逢知己千杯少。他比她更豪迈地说，话不投机半句多。两人再次反目，各自回到各自的病房，都把门摔得噼啪直响。

他在他的屋里想，她很快就会再转来，跟他和好如初，顶多也就是"要个说法"而已，同上次那样。他能清楚地听到她在那屋故意地引吭高歌，以及这样或那样的动静，他知道，这是她惯用的伎俩，少来这一套。

流氓谁不会呀，他想。他也算是半个情场老手了，冲过锋，陷过阵，自信对女孩子并不陌生，凭丰富的实战经验，他明白，两性较量中，进入僵持阶段，比的就是耐性，就看谁服软谁沉不住气了。

他倚着门板等着，极其沉静，一副狡诈的笑容，等着怯生生的她来敲门。

一刻钟过去了，两刻钟又过去了，她不但没来敲门，反而连歌也不唱了，这让他觉得周围太沉寂了，沉寂得令人窒息。他的心理防线随着时间的推移开始全线崩溃了，也许她是真的伤心了，他想。跟我一个要死的人较什么劲儿哪，见过小心眼的，没见过这么小心眼的，难道她不懂得"做人要厚道"的道理吗？

他懒洋洋地离开倚靠着的门板，躲进卫生间去抽支烟，开始考虑着要不要向她屈膝投降。在他的情感发展史上，迄今为止，还没有过败笔，一向所向披靡，这次恐怕要出意外了，唉，不是我方愚蠢，而是共军太狡猾了……一支烟抽完了，他也没拿定主意。他得注意，开开排气扇把烟雾赶走，免得护士闻到了挨骂，弄不好，还得写检查。他已经写过一次了。好在，从小学到大学，他检查写得海去了，溜着呢。

他妈的，能把我万喜良折腾得五迷三道的，也算是能耐，他想。二十一世纪什么最宝贵？人才！她就是难得的人才。

那天晚上他没有睡好，他一直处于半梦半醒之间，尽管他吃了好几片速可眠。

8

起得太早了，大门还没开，出去散步也不可能。站在长廊上，他居然不知道往哪儿去才好。向左走，是妇产科，男人须止步；向右走，则是急诊科，更恐怖，上一次他在那里碰见一个家伙，一边把流出来的肠子往肚子里塞，一边到处打听道儿，把他吓得够呛。后来，才知道，那家伙是因为打老婆，结果叫老婆捅了一刀。

他只好去找值班护士聊几句。

这个值班护士叫李萍，平时跟他很聊得来，聊得来的最主要的原因是她打针最轻柔，不那么疼。万喜良虽然号称大胆万，却怕打针，一打针就哆嗦，有一种押赴刑场的感觉，所以每次打针，他就点播李萍。

李萍有一双水汪汪的大眼睛，瘦并性感着。

跟所有的女人一样，结婚已经两年的李萍也喜欢人家恭维。万喜良就总是恭维她，尤其是打针的时候。

两人聊着聊着，不知怎么，他们就聊到了安静。李萍说你最近跟安静打得火热，知道她为什么只肯吃药而不肯化疗吗？大家都挺纳闷的。

他说她又不是需要化疗的病，干吗要化疗？她说谁说她没病，她比你的病重多了。他半信半疑，说你的意思是她得的也是那种病？她说不仅是，而且是晚期的晚期。他脸上的肌肉一下子硬得像石头，做不出任何的表情，嗫嚅了半天，才说为什么没见她穿过病号服呢？她说嫌难看呗。

他二话没说，就去找安静，见到她说的第一句话就是，我愿意做你的恋人。她刚醒。他无论如何也无法从她柔和的眼神上、舒展的表情上和浓密的秀发上看出她生命的花行将枯萎。她说你不觉得做我的恋人，稍微老了一点儿吗？她怀里抱着个洋娃娃，估计，她已经习惯抱着洋娃娃睡觉了——这显然是前青春期留下的后遗症之一。

他叫自己尽可能地冷静下来，如果可能的话，还要显得潇洒自然。他说女孩跟同龄人谈情说爱只是散文，而跟老一点儿的绅士谈情说爱则是诗歌。她撇撇嘴，问他答应做她的恋人是因为她的姿色，还是别的？他说当然不是因为姿色了，好看的脸蛋能出大米吗！不过，他心里说，要是长得跟恐龙一个样，谁理你呀。

她用她富有表情的眼睛向他投去诡诈而敏锐的一瞥，说你先回去吧，我考虑过后再给你答复。他知道她是故意拿一把，就说不，你必须即刻答复我。她说我要是即刻答复你，你就会以为我是个很随便的人哪。他说我若得不到你肯定的答复，就显得我太随便了。

他们在这样唇枪舌剑的对话中，显然都有所收获，收获的是乐趣。

她推着他一边往外走，一边说好了好了，我答应你还不行吗？我要赶紧去卫生间，快憋死了。

他乐了。

安静再次出现在万喜良的面前，仿佛变了，变成另外一个人，变得沉稳、羞怯，像一个娇弱的小精灵，跟他印象中的那个整天吹着口哨搞恶作剧的顽皮女孩判若两人。

她说我这一辈子还没收到过情书呢，既然你要向我求爱，那么就得给我写情书才对。

他说太传统了吧，写情书、献鲜花、接送上下班什么的，都早已落伍了。她说反正我喜欢，你要得到我的欢心，非得写情书、献鲜花，一样也不能少。他苦着一张脸说必须这样吗？她说必须这样，没有讨价还价的余地。他只得万般无奈地说好吧。

她高兴了，眼睛里闪烁着灿烂的光辉，伸手摸了摸他的秃瓢，说你真好，还没接到你的情书，我就喜欢上你了。

他说那就把情书免了吧。

她威胁道你敢！

接触久了，他终于知道了她的故事：她的父母是"文革"以后的第一拨留学生，在迈阿密相识相爱，生下了她，送回国来让她祖母照料。她是由祖母养大的。三年前，祖母过世了，父母接她到美国，她只在那待了两个月就待腻了，又独自一个人回来了，过起了逍遥快活的日子。得知自己得了绝症，她一滴眼泪都没掉，只是喝醉了一回，那天，她整整干掉了一瓶龙舌兰酒。至今，她的父母都不知道她的病情，她也从来没打算告诉他们，她已经习惯了自己的伤口自己舔。

她最向往的生活是一个人开着房车，沿着国境线行走，采采风，写写游记，可是，祖母不答应。祖母是个弹钢琴的，一辈子都在给人家唱歌的做伴奏，所以就逼着她也学琴，希望她将来能做一个真正的钢琴师，可以独奏的那种，或许还能到国际上拿个奖什么的。她是在祖母的教鞭下苗壮成长起来的。

哪里有压迫，哪里就有反抗，她二十岁那年，实在忍受不了祖母的魔鬼训练，离家出走了。这让祖母非常伤心，对她绝望了，找她回来，就再也不管她了。从此她与钢琴拜拜了。只在祖母过世的那天，弹了一天一宿的琴，弹给祖母的在天之灵听。

医生把她的 X 光片拿给她看的时候，她的第一反应就是不要化疗，决不，她舍不得她的一头秀发，她爱护秀发就像爱护眼睛一样。死也要死得美丽，死得凛然不可侵犯。

住院的那天，她没告诉任何人，而是一个人拎着两个皮箱住进来的，皮箱里都是她喜欢的衣裳，有些是早就看中了一直舍不得买的衣裳，这回也舍得了。她期望自己留给这个世界最后一个影像，是妖娆。

9

到了交作业的时候，万喜良把他的情书交给了安静，谁知安静看也没看就退了回来，说折叠得不及格，起码要把情书叠成纸鹤形状才行。他笨，不会叠，只好去找病友帮忙。

再给她，她看了几眼，仍然退了稿，理由是太短了，连标点加起来才六十七个字，而且也缺乏感情色彩。这可苦了他，长这么大，他还没有写过情书呢，通常都是使用语言交流，行就行，不行拉倒，还不至于留下话把。

当天晚上，他改了半宿，才最后定稿。

他几乎把他所知道的所有肉麻的词儿全用上了，极尽缠绵之能事，还大量地引用了琼瑶、亦舒和三毛的话，反正酸死人不偿命，没承想，效果奇佳，她读过之后，居然热泪盈眶。

她这么强烈的反应，是他始料不及的，不禁有点儿心动，她踮起脚尖来奖赏了他一个吻，竟使他真的有了一种恋爱的感觉，且是初恋。

至于献花，就简单多了，从医院的花坛里偷就是了，那里有雏菊，有紫丁香和金莲花以及许多叫不出名字的花，将这些偷来的一捧捧盛开的花扎成了花环，套在她的脖子上，花香扑鼻，兴奋得她两颊的红晕又柔和又光亮，全然没注意到花上的露水已经湿了她的脖领。

安静回了他一个屈膝礼，然后翩翩起舞，跟花仙子似的轻盈。跳了一会儿，又过来牵住他的手，邀他一起跳，他对舞蹈素来外行，所以跳起来就跟大猩猩差不多。不过，只要她高兴，他是赴汤蹈火也在所不惜，反正豁出去了。她被他拙劣的舞姿逗乐了，乐不可支。

突然，安静的笑声戛然而止，眼皮一翻，身子一栽歪，瘫倒在地下。

他一下子慌了手脚，叫她两声，她没答，只好将她抱到床上，平躺下。

她躺在那里，呼吸十分徐缓，姿态十分宁静，仿佛一尊安详的睡美人。

万喜良想端一盆凉水泼在她的脸上，她一准会苏醒，渣滓洞的特务严刑拷打政治犯都是这么干的,琢磨一下,不妥,又赶紧拧了一把湿毛巾敷在她的额上,很快,她便醒了,缓缓地睁开眼,对他粲然一笑,问是不是吓到他了。他深呼吸一下,说岂止是吓到了,简直是吓破了狗胆!

她说没什么,只要眯一会儿眼睛,就会好。为安慰他,她还摸索着抓起他的手,放到唇边,吻一下。

他问她要不要叫医生。她说不要,有你做伴就够了。听了这话,他倏然升腾起一种使命感,那就是一种要她在生命的最后阶段里活得快活的感觉。

10

安静告诉他,这样的昏厥已经出现过多次了,最危险的一次是在商场爬楼梯时,差一点儿从六楼滚下来。他问她的症状是什么样子的。她说先是耳鸣,犹如千军万马呼啸而过,而后就像陵墓似的阒然无声,再而后就是一阵深沉的、轻飘飘的睡意催她合上双眼,什么都不知道了,没有烦恼,没有痛苦,那种感觉真的很棒。可惜,总是在短短的一瞬间又会醒转来,仿佛一根羽毛轻轻拂她的脸,让她痒痒的,不得不睁开眼睛,迎接尘世的阳光。

万喜良整整一天都把她禁锢在床上,只许老老实实,不许乱说乱动,好在,她还比较乖,基本做到了服从命令听指挥。本来,这该是平静的一天,可是,许大马棒打破了这种平静——他死了。就在吃晚饭的时候。许大马棒是这个科最资深的患者,他跟他聊过几句,他知道他是个装卸工,比他大八岁,没儿没女。许大马棒与他聊得最多的除了京剧,就是他养的宝贝八哥了。那只八哥就挂在他病房的阳台上,见谁都会问:抽烟吗?喝茶吗?如果你拒绝的话,它马上又找补一句:别给脸不要脸!让来访者哭笑不得。这个八哥连个名字都没有,许大马棒一般都叫它"爷们儿"。

平时很少有什么人来探望许大马棒,没想到,死了以后竟会来这么多人,七大姑八大姨足有一个加强连,哭起来自然是惊天动地。各个病房闻风而动,赶紧把门关得紧紧的,免得听见哭声勾心思,闹心。

许大马棒被推到太平间去了,他的亲友也走了,只把那只八哥丢下了,丢在阳台上的笼子里,憔悴而衰弱。

万喜良跳过一个又一个阳台,把鸟笼子提溜过来,给安静看。安静逗它,它却只是一味地眨巴着眼珠,又怯又惊恐,仿佛谁的手指头戳了它裸露的神经。

他们安抚它许久,甚至还给它唱了半天的《摇篮曲》听,它才稍微镇定下来。可怜的小家伙!

以后的几天里,他一直狠下工夫教它说话,它一犯懒,他便赶紧喂它,搞物质刺激。到炎热的正午或没有月光的晚上,干脆就把它请进屋里来,跟他做伴睡。很快,他就治愈了它心灵上的创伤,八哥也开始跟他亲近起来,常常轻轻地啄他的手心,样子很像个鸡雏。他教它的话也越说越溜,而且还是中英文双语对照。

这一天,他带着它去找安静,安静刚要把笼子接过去,跟八哥亲热亲热,八哥却说——躺下乖乖休息,到处乱跑小心我抽你。

安静说是你教的吧?

他说以后我就把它寄养在你这儿,替我监督你。

安静撅着嘴说好吧好吧。

八哥就腆着胸脯子,瞪着安静,真跟个哨兵似的。

安静迟疑地问他八哥会不会还在怀念它以前的主人?

他说八哥是个现实主义者,谁养着它,谁就是它的主人。他看她半信半疑的样子,特别想把她抱在怀里,他对她的怜爱似乎正在与日俱增。

一个年轻女孩,一张标致、苍白而又病恹恹的面孔,其实就是获得怜爱的护照。

后来，他们又谈起许大马棒以及对许大马棒的印象。

许大马棒的那间屋，已经住进了新的房客。

安静说这个新房客大概还不知道那间屋里刚刚死过人吧。

他说医院里的哪间病房又没死过人呢？

安静说也是，病房就仿佛是用来上演生离死别戏剧的大舞台。

接下来的几天里，万喜良试图劝她施行化疗，化被动为主动，跟病魔作顽强的斗争。可是，安静对他这一番耐心细致的思想工作全然听不进去，甩打个手溜达来溜达去。他让她坐下来，听他说。她却跟孙猴子似的哪儿高往哪儿坐，一会儿是窗台上，一会儿是电视上。说多了，她还会烦，说难道你非得让我饱受折磨，然后再像遭了干旱的花一样的死去？

他说我就是为了让你好好地活着嘛！

安静歪着个脑袋，说得了这个病，活着，可能吗？任凭他说得口干舌燥，她就是刀枪不入。他只好像一只飞得精疲力竭的鸟似的，收拢了无力的翅膀，停歇在一边，喘大气。他还从没见过这么顽固不化的人呢，更别说是女人了。

他只好放弃了，再也不劝她了。

不知为什么，安静这一阵子突然间变得漂亮了，不是一般的漂亮，而是非常的漂亮，非常非常的漂亮。一张鹅蛋脸，犹如含苞待放的百合，眼睛则像珍珠一样的闪亮，真让他有一种惊艳的感觉，他甚至都不敢长久地注视她，怕电着。有一次，他对她说你真像个美丽天使啊。她说我也觉得是，以前可不是这样，以前我只是个丑小鸭，不知怎么一下子就变成这样了。

他怀疑这是化妆的奇异功效。

她用毛巾使劲儿擦着脸，申辩说我绝对是素面朝天，天然去雕饰。还模仿着葛优的腔调说这是爱情的力量。

他取笑说你这样光彩照人，走在街上，一定能让那些帅哥们倾倒一大片，连北都找不着。

　　她说那好，我们就到街上去，测试一下我究竟有没有这么大的杀伤力。他们怕医生阻挠，从后门溜出去，眨眼之间就手牵着手出现在熙熙攘攘的街头。

　　他问她他们的目的地是哪儿，不会是像拉兹一样到处流浪吧？她说目标是照相馆，她要照好多好多的照片，把自己最美好的面影定格下来，留给后人瞻仰。

　　照相的时候，他躲在阴暗的角落里，猫着，她拉他合影，他拒绝，说他对镜头敏感。

　　最后，好说歹说，他才答应跟她合照一张。她嘱咐摄影师照好一点，说是他们俩的情侣照。

　　一句话，把万喜良说得居然难为情起来，长这么大，他还从没跟女孩合过影呢，以前跟他来往的那些女孩仅限于拥抱接吻什么的，没想过要留下些永久性的纪念。安静是个例外。

　　摄影师一说准备，她就把头枕在他的肩膀头上，做出一副甜哥哥蜜姐姐的表情来。

　　一刹那，他竟怦然心动。不过，他还是吃不准自己该不该真心去爱她，这个世界太过肮脏了，只有单纯的爱情是唯一的一片净土了，千万别把它也玷污了……这么想着，他不禁将身子跟她贴得近一些，再近一些。他们两个人一派亲密无间，很有点儿两小无猜、青梅竹马的意思。

　　从此以后，安静就像上了瘾似的，一得空，便吵吵着要去照相，每次路过街头拍大头贴的地方，她都要进去拍上几张，越拍越多，越拍越来劲儿，到最后，竟频繁得像一个偏执狂，一天不拍问题多，两天不拍走下坡，三天不拍没法活。洗出的照片就贴在墙上，贴了整整一屋子。

他不禁替她犯起愁来，说再这么拍下去，非得把这些照片挪到中国美术馆去，才搁得下。

她说你以为我会公开去展览吗，不会的，要是搞个小沙龙什么的倒是可以考虑。

他问她准备给这个沙龙起个什么名字。

她说就叫回光返照吧。

他狠狠瞪了她一眼，提醒她要慎言，孟浪总是不明智的。

11

现在，每天早上，万喜良都要早起，叠好被，拉开窗帘，迎接安静来做内务大检查。

接下来，他们就到阳台上去喝他们一天中的第一杯咖啡，槐树的枝丫和树叶可以做他们的华盖。遗憾的是，咖啡只能喝速溶的了，这里没条件煮那种又香又浓的咖啡。

常常是一杯咖啡尚未喝完，主任就来查房了，他就得躺到床上去，而她则隐蔽在阳台上扮演一个偷窥者。

主任不是一个人来，而是带着一群随从马弁，大队人马，浩浩荡荡。所谓的随从马弁其实就是一些实习医生。通常都是主任简单问患者几句，患者一一作答之后，主任就开始给实习医生讲课，在患者身上指指点点，有时候还要患者做几个动作，给实习医生做示范。

万喜良倒没觉得什么，安静却看不下去了，这天，她实在忍无可忍，从阳台上闯进屋里，指责主任说我们到这里是来治病的，不是来给你做人体道具的，你们治不好我们的病也就罢了，干吗还来折腾我们？太过分了，每次给患者检查只用五分钟，而讲课却要用十五分钟！主任吓傻了，面对着嘴唇抖个不停、眼冒凶光的她，居然哑口无言，匆匆离去。也许在他从医的二十九年里，还是头一次遇到如此尴尬的局面呢，自然抵挡不住了。

安静的抗议果真见效，以后主任再来查房，随从少多了，对待患者也像对待陈设在珠宝店橱窗里的展品一样，小心翼翼。以前他的白口罩总是耷拉在胸前，而不是戴在嘴上，现在则是全副武装，口罩上方只露出一双战战兢兢的眼睛。他是怕患者投诉他，那样的话，全年的奖金就泡汤了。

安静似乎得寸进尺，在她卓有成效地对付了主任以后，又想掉转枪口来对付护士长。护士长是个眼里不揉沙子的角色，发现一点儿问题，就会对患者大喊大叫，声调要比一般人高八度。万喜良觉得护士长不是好对付的，难度极大，劝她罢手。她却说有困难要上，没有困难创造困难也要上。

她跟护士长谈过几次，焦点就是围绕着关于护士长声调高低的问题，但每次都谈不过五分钟就崩了。几个回合下来，安静终于败下阵来。护士长"涛声依旧"，而安静则垂头丧气，说话也像快僵死的蝉所发出的微弱而嘶哑的哀鸣，她说万般无奈，护士长改不了她的大嗓门，她原来是歌舞团唱花腔女高音的。她的那腔调，还有那表情，都是典型的残兵败将所独有的，逗得万喜良不禁哑然失笑。

待久了，自然而然就会产生某种依恋感，仅仅白天在一起是不够的，晚上还想在一起怎么办，他们就在熄灯的时候，各回各的病房，等夜班护士巡查一遭之后，走了，又凑到一块。不过，得"悄悄地进村，打枪的不要"。

通常熬过漫漫长夜的最佳方式就是听音乐。

一个 CD 机，一人一只耳麦，背靠背，坐在用锯末擦洗过的地板上，听着歌，陶醉在一种令人心旷神怡的沉静之中。可惜，也有一个小麻烦，他最拥趸的是披头士，而她最欣赏的则是仙妮亚·唐恩，经过谈判，达成协议，听一首披头士，再听一首仙妮亚·唐恩，交叉着来，和平共处。

临睡前，两人还要合听一会儿亚瑟小子，因为，他们对那个黑小子都不反感。

一天，有个病友走错了门，一下子闯进来，看见他们俩背靠着背都紧闭双眼坐在地板上，不禁惊叫起来，撒腿就往外跑，还是万喜良抢先一步拦住了他。他急促呼吸了半天，才说我的妈呀，我还以为是一对殉情的恋人呢。是，两年前这个医院里发生过这样的悲剧，据说。

这个病友原来是个水手，经常跑新港到阿姆斯特丹那条航线。虽然常常嘴里哼着"风雨中这点儿痛算什么，擦干泪不要问为什么"，而实际上却天天眼神暗淡，无精打采。病友都叫他小炉匠栾平，因为他矮。

小炉匠栾平给这个科起个绰号叫"等死号巡洋舰"。

小炉匠栾平有一双鸽子般的眼睛，却大而无神，是个模范的悲观主义者。

他的悲观情绪是放射性质的，具有传染性，常常能影响到其他的病友，以至于伤感成风。安静对万喜良说你劝劝他看看电视，看电视能开阔眼界，他就会知道在这个世界比我们更不幸更倒霉的人有的是，像索马里的难民，像印尼风暴中的那些罹难者，还有伊拉克战争的遇难者，多看看那些人的遭遇，心胸就宽广多了。

万喜良觉得这倒是个比较好的合理化建议，就跟她一块挨个儿病房去游说，劝他们每天都要抽出时间来看电视，起码新闻联播是必看的。死也死个明白，他说。一天下来，说得他们嘴干舌燥，到晚上，果然，各个房间都传出了邢质斌的声音。有的人把音量放得超大，那是因为放疗损坏了他的听觉器官，耳背。他和她很有成就感，成就感是一种温柔甜蜜的东西，它使人安逸、舒畅。为此，他们跑到酒吧偷偷喝了一杯，以示庆贺。

病友们的精神开始由阴转晴，以前大家见面聊的都是哪种自杀方式更便捷，痛苦少一点儿；现在谈的却是国际新闻，特别是天灾人祸,光是费卢杰人质事件就让大家担了好几天的心。奇怪的是,本来该十二小时就打一针镇痛剂的病人,居然也忘了催护士来给自己注射,连护士都挺纳闷:这些人的癌细胞是不是已经扩散到脑子里面去了,自己还危在旦夕呢,又去关注别人的生生死死!

万喜良却发现,安静虽然鼓动别人去看电视,她自己竟然始终跟电视保持着一定的距离,几乎看也不看。

他问她原因。她告诉他好几个电视主持人她都讨厌,一个是《曲苑杂谈》的那个半老徐娘,捏着嗓子装嫩,叫人浑身起鸡皮疙瘩;另一个是《梦想剧场》的老天真,年纪一大把,竟还在台上装疯卖傻,不懂得什么叫自重。更夸张的是只要看见演小品的蔡大姐出镜, 她就吐,真吐,那一副矫揉造作的做派让她恶心……

既然这样, 他建议她去看凤凰卫视。她又说她讨厌《李敖有话说》,一个整天自吹自擂又自恋的老家伙,他最大的能耐就是给自己脸上涂脂抹粉。说这些话时,她的脸上还带有青春反叛少女的一种生涩劲儿, 万喜良不禁暗暗为她高兴, 这起码说明病没有磨去她的棱角,她的骨子里还是一个愤怒的青年。

12

这一天他做了一个梦,梦见自己成了一条离开小河的鱼,在沙滩上扑腾。醒来之后,他种种不适的感觉一涌而上,沉甸甸地压迫着他。他突然决定去看母亲,也许是最后一次了。

父亲在唐山大地震中遇难以后, 他一直跟母亲相依为命。两年前,母亲才改嫁,嫁给了她的一个老同事。他也跟母亲的来往少了点儿,但是,这并不说明他对母亲有什么不满,相反,他还是很爱她的。

母亲见到他,喜出望外,她还不知道他得了病,他也从没打算告诉她他得了病。继父不在,母亲给他张罗早饭,他看看表,正好也是医院供应早餐的时间,不知安静吃了没有,他想。

他跟母亲谈了很多,把想对母亲说的话几乎都说了。说话的时候,母亲一直温情地握着他的手,还不住地抚摸他的脸,让他差一点儿流下泪来,好在他还是忍住了。不知为什么,母亲微笑的脸总是使他联想到安静,一联想到安静,他就仿佛闻到了她身上的那股紫丁香的香气。也许他真的爱上她了吧?

离开母亲,他搭个车匆匆往医院赶,他要立刻见到安静,是的,立刻,短短的一个上午没与她见面,对他来说,仿佛太久太久。

他恰巧在医院门口碰到了她。

她慵懒地背靠着门口,东张西望,当她的目光和万喜良的目光撞在一起的时候,突然亮了一下,但很快掉转开,回身径自向病房走去,连招呼也不打一个。

万喜良紧紧跟在她的身后。

跟进她的病房,她关上门,一下子扑进他的怀里,说你抱住我,紧紧地抱住我,什么也别说。

他抱着她,就像抱着一团跳动的火苗,烫得慌,灼得慌,烤得慌。

偎在他怀里的安静,宛如一只小猫,温顺极了,她怪他没打招呼就自己溜出去玩了。他赶紧跟她解释了一番。之后,两个人似乎无话可说了,就这样你看着我,我看着你,互相对视着。

他们终于吻在了一起。

他奇怪地发现,她的动作虽然笨拙,虽然生涩,却是最令人迷醉,以至于沉溺其中,难以自拔,直到她求饶为止。

我的妈呀,她说你是想把我憋死呀。她的脸颊真的一片嫣红,呼吸急促,好像刚从急流中挣扎着爬上岸。他说我想你一上午了。她说我也是。

接着,他们又热吻起来。她和他的嘴唇都是对方的罂粟,有着挡不住的诱惑。她的舌尖越来越灵巧,显然已经成了一个熟练工,能很快地将万喜良的身心俘虏了，他也只好随着她吸吮的节奏，将热吻进行到底了。趁着喘息的间歇，他说我再也离不开你了。她说我能相信你吗？他就模仿着《黑客帝国》里的台词说你以为我是谁？人类？

几个回合下来，他们已经是气喘吁吁了，就像刚刚跑过了马拉松，两条腿都软了。

安静仿佛突然意识了什么似的，猛地捶了他一拳，说见鬼，你就这么轻而易举地拿走了我的初吻！

他说难道还要举办一个盛大的仪式不成？

从此，在他和她的日常生活中，接吻就成了十分重要的一项内容。早上一醒来，要接吻，午休时间要接吻，晚上临睡前也要接吻，已成了雷打不动的规章制度。接吻的时候，她的眼睛总是闭着的，而且总是要反复地问我，这就是爱情吗？他回答说我想是吧。她深呼吸一下，又说我们还能吻多久？他几乎是咬牙切齿地说吻到死，吻到我们一道死。

渐渐，安静开始不满足他们局限在嘴与嘴的接触了，她说别人接吻的同时，是要拥抱的，是要用手抚慰对方肩背的，还要吻脖子，吻耳垂，吻肩胛，总之，特激情才对。她还给他背诵阿根廷小说《唐·拉米罗的荣耀》中的片段：拉米罗用两只胳膊如痴如醉地用力搂住她的脖子，一阵强烈的冲动，驱使他想把自己的嘴对在姑娘的嘴唇上，用它们来吞咽和咀嚼爱慕、淫欲和痴情，疯狂地吞咽和咀嚼！最后，他发疯般地把她搂在自己的怀里……

后来，她就像中了病似的，到处搜罗爱情小说，将有关接吻的描写抄录下来，读给万喜良听，让万喜良如法炮制。万喜良说她病态。她说她只是追求完美而已，尽可能地把接吻做到极致。他说我们已经堕落成色情狂了。她天真地说那有什么不好？

他说别费劲儿了，在漫长的接吻发展史上，没有谁比我们的吻更经典了，相信我。她说英雄所见略同。

13

日子一天一天过去。但是万喜良明显地感到，过去了的每一天都在变化着，这种变化就是他和她的两颗心越靠越近，最终将会合在一处。

李萍说他的眼睛跟平时不一样了，特别有神，就像遭遇了激情似的。他笑而不答，心里却在说干吗还好像啊，根本就是！假如李萍继续追问下去，他可能就招了，能与人分享快乐是更大的快乐，可惜，李萍没再问。

其实，万喜良身上所发生的变化不只是眼神，就连表情、声音以及肢体语言都有了化学变化，甚至包括睡觉，以前他睡觉时，从来不关灯，他怕黑，黑暗在他看来简直是可以用手摸得到的具体物件，特别恐怖；现在他已经适应黑暗了，在黑暗中他的大脑皮层更兴奋，他可以静静地幻想着病好以后如何带着安静去阿尔泰，明知不可能，但短暂的想入非非也是对几近干涸心灵的一种慰藉。

随着他和她的亲密接触，两个人的关系已然不是什么秘密了，差不多所有的病友都知道。一个自称会看手相的病友还给他们看了手相，说是郎才女貌，一对绝配。连医生和护士也开始在他们的背后指指点点的了，好在，他们也从来没打算保密，爱就爱了，一切无所谓……

有时候她会天真地说要是我们早几年相爱该多好啊。他嘴上骂她傻瓜，心里又何尝不这么想！

连他们自己都奇怪，他们俩怎么会有那么多的话要说，如果没人打扰，他们甚至可以一说就是一天。这天，他们俩聊得正起劲儿的时候，一阵嘈杂声从对面的病房传出来，好像是在吵架。对面病房住的是个大学教授，不到六十岁，因为谢顶，大家都叫他葛优或葛大叔。万喜良和安静过去看看，原来是葛大叔的两个儿子为房子的产权而大吵大闹，万喜良劝了半天也劝不开，安静急了，说你们的爸爸还没死呢，未免太操之过急了吧。两兄弟掉转枪口，一齐冲着他们俩开起火来，一边骂，一边还推推搡搡的，葛大叔吓坏了，赶紧从病床上跳下来，张开胳膊拦着，警告他的两个儿子说混蛋，你们真是吃了豹子胆了，竟敢跟他们大动拳脚，他们俩的病比我还重呢，除非你们钱多得没地方花了。安静也挑衅说动手啊，快动手吧，我还愁没人替我掏医药费呢。万喜良更是火上浇油，拍着巴掌说这下好了，我们可以享受公费医疗了，终于有地方可以报销了。那两兄弟愣了半晌，一甩手，悻悻而去。

葛大叔气得直掉眼泪，一个劲儿说家门不幸。他们俩劝了他半天，还一块儿出去散了步，葛大叔的沮丧情绪才有所缓解。这一天，两个人少吻了一次。

14

安静把眼睛眯了，结果让万喜良吹了半天才好。他说这就是眼睛太大的害处，眼睛太大就容易眯眼，他当书商的时候，认识重庆一书店的女老板，就是总眯眼，每次见她都是被吹进眼眶里的尘沙磨得眼睛通红，他管她叫兔八哥，她则管他叫88号，因为他戴眼镜。从他病了以后，他们就断了联系。

安静说这还是第一次提到他当书商的事。他说是吗？安静说她一直想问他一个问题，担心他不愿回答，所以迟迟没有开口。他说有问题尽管问好了。她问他当初从商的动机是什么，是为挣钱吗？他点点头。她又问他挣那么多的钱做什么。一句话竟把万喜良问得哑口无言，沉吟半晌，才说当初挣钱，恐怕就是为了现在付医药费吧。安静拍打了他一下，说少来啦。

两人逗了一阵子嘴，累了，安静就把脸贴在他的胸脯上，他抱她坐到他的膝盖上，有一种把整个世界都揽在自己怀中的男人的那安详、自信、甜蜜而懒散的感觉。安静咬着他的耳朵用法语说 je Vous aime（我爱你）。可惜，送药的护士把他们的美好感觉破坏了，她推着个药车，挨门叫着病床的号码，跟牢房里的狱卒叫囚犯差不多。

安静愤愤地拉开门，闯了出去，对护士说请你们有一点儿人情味好不好，不要总是用那些冷冰冰的阿拉伯数字来招呼病人，什么 72 床吃药了，什么 85 床打针了，把活生生的人整个物化了。护士笑嘻嘻地问安静，应该怎么招呼病人？安静说叫名字就可以了，当然最理想是根据年龄多少、辈分大小来相互称谓，爷爷啦、叔叔啦，或是姐姐、哥哥什么的，就跟一个温暖的大家庭一样，因为我们大家总是要相伴着走过这最后一段路的。护士说要跟护士长商量一下才能决定。

又是护士长，安静就像一个人患了牙龈肿痛似的努努嘴，护士长几乎成了宇宙中心，一个独裁者，换个被单要找她，开两片舒乐安定也要找她，总有一天，病人们要不要说话，该不该倾听，能不能眨巴眼睛，怕是也得由她来决定了。

眼下，就有一件事耽搁在护士长那儿。

再有四天就是"五一"黄金周了，健康的人可以去旅游，去参加各种各样的主题派对，或去唱歌、泡吧，而病人能干什么呢？什么都干不了，唯一能干的，就是看场电影什么的。于是，安静就去找护士长，提出这么一个要求。

为了表示她代表了广大人民群众的利益，安静还写了个书面报告，挨个儿叫病人签上名，按上手印，整得跟请愿书差不多，交给了护士长。

护士长先是不同意，说是史无前例。安静说毛主席教导我们，历史是人民创造的。护士长说没地方放映，资料室太小，大食堂"五一"那天又要会餐。安静说可以在草坪那儿，跟我们小时候一样，放一场露天电影。护士长不言语了，像是在考虑。安静趁热打铁，又说生活少不了合乎人性的精神乐趣，我们的身体跟植物一样，会发芽、开花、枯萎、死亡，唯一不同的就是我们有一颗不朽的灵魂……

护士长说让我再想想。

一连三天，护士长那儿都没动静，安静嘀咕起来，她对万喜良说护士长不会把这件事忘了吧，听说她丈夫正在跟她闹离婚呢。万喜良让她静下心来再等等，明天才是"五一"哪。她撅着个嘴说只好这样了。

转天安静去找护士长问个究竟，护士长淡然地问她要看什么电影。她惊喜地说是不是院方同意了？护士长点点头，说已经跟电影放映公司联系好了。也许满意的结果来得太轻而易举了，她竟毫无思想准备，用手搓着赤裸的两条臂膀，半天说不出话来。

护士长拉起她的一只手，放在自己的手里，说要看什么电影，得提前通知电影放映公司，他们好从资料库里去找。安静强忍着不让自己兴奋得跳起来，她尽可能平静地说她要跟病友们商量一下。护士长依旧板着个面孔说那好，我等着。

关于看什么电影的问题，病友们形成两大派群众组织，一派是要看国产的老电影，另一派则要看好莱坞的新电影。

安静为难了。幸亏，万喜良给她一个合理化建议，一口气放两部电影，一部老电影，一部新电影，那么一切问题就都迎刃而解了。安静认为这个主意不错，抛了一个媚眼给他，就跑去找护士长了。回来，她挨门挨户通知，晚上将放映的是《小兵张嘎》和《凤凰劫》。安静出来进去的就像一只快乐的小燕子，唧唧喳喳没个完，整个走廊都听得见。

这一天，仿佛是病友们盛大的节日，好多人都在掰着手指计算，自己究竟有多久没看电影了，三个月？半年？或者更久一些？

天还亮着，夕阳正红的时候，就有病友和病友的家属拖着躺椅板凳到草坪上占地方去了。

就连黑桃 K 也来了。他从住进医院，一天到晚没干过别的，就是从事各种自杀方式的尝试，跳过楼，触过电，服过过量安眠药，都没死,也算是福大命大。他是医生眼里的一级保护动物。平时,最大的爱好就是喝酒,喝完酒之后,就打架,他也曾跟万喜良打过,打过之后反而成了好朋友。

这天的天气也真好,空气里散发着一种湿润、清新、沁人心脾的味道。黑桃K对万喜良说这时候还能看上一场电影,死也值了。万喜良冲他笑一笑,心说常把死挂在嘴边的人,反而不容易死,这家伙就把许多看起来比他健壮的人都熬死了,自己却依然活着,活得有滋有味,虽然面黄肌瘦。他是这个科里的元老。

电影放映的时候,安静拉着万喜良跑到幕布的后面去看,看着比正面还清楚。周围海棠树沙沙作响,像是窃窃私语,那么温柔,那么缠绵。此时此刻,要是再有一两声犬吠和三四声蛙鸣,就跟小时候看露天电影的情景一模一样了,而且空中飞舞着的萤火虫也四处点起一星星的火光,特有怀旧感。

安静得意地说怎么样,这样的露天电影是不是挺棒?万喜良点点头,说不错,你真不简单,人才呀!

他和她一边看电影,一边享受着夜吻的甜蜜,她甚至还允许他的手钻进她的上衣里抚摸。这时候的她,已经成了一座不设防的城市,成了罗马。欲望的小火苗遽然袭上他的心头,他悄声说什么时候能让我瞻仰瞻仰它。她羞怯地明知故问道瞻仰什么?他按了按她的乳房,他想象它一定是玲珑剔透的。她翻翻上眼皮说那要看你的表现了。

老电影里的每一句台词,他都烂熟于心,都能背,用不着再看,他就躺在草坪上,枕着两手,眺望着夜空,他觉得那些晶莹眨动的星星,在用一种他听不懂的语言跟他讲话,在强化着他的激情。

安静问他为什么不再对她性骚扰了,是不是已经跳出三界外,不在五行中了,他冲旁边努努嘴,这时候,安静才发现,不知什么时候,有好几个病友也都跑到幕布后边来了。安静悄悄牵着他的手,溜掉了,径直跑回病房里。两个人摸着黑待在那儿,面对面,喘个不停。过一会儿，安静怯生生地问他，是否真的想看她的乳房。万喜良咽了一口唾沫说真想。安静说那就来看吧，你是第一个也是最后一个看过它的人。

她洁白一身地站在那里，酷似一尊圣母像。淡淡的橘黄色的光线透过窗户映进来，她的两个乳房宛若两只小鹿，恬静而又柔和。他的脸色和夜色交融在一起，但眸子闪着奇异的光，他感觉得到，她正在瑟缩发抖，显然她比他还紧张。

这对丰润嫣然的乳房，闪烁着月亮一般清冷而又神秘的光辉，距离他是如此之近，它们仿佛在对他说：它们是你的禁果。他的血液沸腾了，犹如一群蚂蚁在他的心上爬，痒得难受。他忍着，木然地站在那儿。

他竭力把渺茫的充满了欲望的心从幻境中拉回来，面对现实，想象着这样美丽的神迹，这样圣洁的造物在不久的将来，会枯萎，会随着生命的消失而消失，不禁黯然神伤，总觉得命运之神对她太残酷了，他发誓他要好好爱她，好好疼她。

这时候，安静的嘴靠近他的唇，给了他一个热乎乎的吻，说演出到此结束，闭幕了。然后匆匆穿上衣服，拉着她又回到草坪上，继续看他们的露天电影。万喜良却很久很久没清醒过来，仿佛还在梦中。

还是老电影更受欢迎些，新电影上演不一会儿，就有许多的病友开始退场，万喜良问安静我们怎么办？安静说我们坚守阵地，直到最后一分钟。万喜良说是不是散场以后，我们还要义务劳动一下，把草坪收拾干净？安静说义务劳动的不是我们，而是你，我只是监工而已。万喜良说我怎么这样倒霉呀。安静说活该。

电影结束，已经很晚了。

简单收拾了一下，回到病房的时候，他浑身跟散了架似的，瘫软无力，走起路来俨然一叶扁舟，悠悠荡荡。他知道，他是累了，体力有点儿透支。他赶紧到卫生间冲了冲凉，之后，躺下，点上一支烟，歇着。

最近,他闹牙疼,一抽烟,就牙疼,最可怕的是,他的牙齿完全糟了,用手轻轻一拔就掉,不知道是放疗惹的祸,还是缺钙的缘故。

一想到自己的牙都掉了,张开嘴,就像一个黑窟窿,他就禁不住惶恐不安,毕竟他才刚刚三十来岁呀!

这时候,有人敲隔壁的墙,不用说,那是安静。这是他们的暗号,如果敲一声,是问早安,敲两声则是问晚安,现在她敲的是三声,意思是问对方睡着了没有。万喜良赶紧也敲了三下,做了回应,告诉她还没睡呢。

不一会儿就听见有窸窸窣窣的声音。

安静鬼鬼祟祟地钻进他的屋,万喜良发现,她居然光着脚丫,他说你不怕着凉么?她竖起了一只手指放在唇边,嘘,这样走起路来没动静。

他以为她太兴奋了,所以睡不着。他们的生活太沉闷了,有如一潭死水,随便丢下去一颗石子,都会荡起一阵阵的涟漪。他让出一块地方,让她坐。她穿了一件白色的睡衣,睡衣上绣了一只大个的米老鼠,他知道,那是她的手艺。睡衣穿在她身上,特像一个幼儿园大班的孩子。他刚想逗她两句,却发现她有点儿不大对劲,她耷拉着脑袋,脸色苍白,额角上渗出了一层细密的汗珠,仿佛晶莹透明的雨滴。你怎么了,他问。

疼,她说。他问哪里。这,她按着肝区。从什么时候开始疼的?他问道。她说就是刚才。他要去找医生,她说用不着,过一会儿就好,我们随便聊聊天,转移一下注意力就可以了。他的手有点儿抖,也许是过分担心的缘故,他担心她的癌细胞已经扩散了。

他把她搂在怀里,用手抚摸着她的额角。

她两腿屈着,将他的枕头顶在肚子上,问他我是不是教科书似的女人啊?他说不是。她追问道不是教科书似的女人,是什么样的女人?他说是性感小猫。她嘻嘻笑了,又问道看见我的身体,你会想到那个吗？他明知故问道想到哪个。她把身子朝他靠得更近一些，说你知道我说的是什么。

我不知道，他温存地说了一句。他们靠得如此之紧，以至于他都能闻到她呼出的气息，那气息是甜的。

我说的是性，她说。

他故意说我想不到那个，我还小着呢。她就笑得更欢了。他感到她的手在寻找他的手，很快，她的手指就和他的手指交叉在一起，牢牢地握着。后来，她把他的手放在自己的胸上。他说你这不是要我当流氓吗？她说我就是要你只当我的流氓。

他说无论如何，她也要把病情告诉给主治医生。她反问道告诉他干吗？他说让医生调整治疗方案，免得病情进一步恶化。此时此刻的他，真想献出自己的生命，来挽救这个可爱的女孩，如果可能的话。她却毫不在乎地说怕什么，若真的恶化了，实在疼得受不了，就服毒自杀好了。

她的话，让他特难受，犹如一把利刃，扎在他的胸膛上，越扎越深，直到扎出鲜血来。他警告她说给我住嘴，不许你胡说。

她赶紧做了个鬼脸，眨巴眨巴眼睛说 OK，我再不胡说就是了，请您老人家息怒。

不一会儿，她就像被一种不可抗拒的魔力打败了似的，依靠在他怀里睡着了。她的嘴唇微微翕动，仿佛正在咀嚼她在这个世界有限的时日所品尝过的酸甜苦辣，还不时说几句梦话，不过他很难听清她说的是什么，因为那声音太微弱了，简直就跟森林里飞着的小昆虫发出的嗡嗡叫声差不多。

万喜良把她轻轻地放下，让她躺得更舒服些，然后，拉一把椅子，守在她的床边，像欣赏一幅画似的欣赏着她。她的眉宇间横着两道深深的皱纹，面庞更加瘦削，颧骨愈发突出。他几次想伸出手去摸一摸她的脸，她那美丽的容颜同窗帘缝隙透进来的醉人的月光交融在一起，可是，他怕弄醒她，没敢。

不知什么时候，他趴在她身上睡着了。黎明的第一道曙光把房间涂上了一层银灰色，他和她仿佛一对长着翅膀、随时准备飞向上帝的天使，沉浸在梦乡里，梦乡宛若天堂。

15

第二天他去找李萍，把安静的病情告诉她。李萍尴尬地说她就要休假了，最好他去跟安静的主治医生去谈谈。安静的主治医生是个广东人，一说话，满嘴的鸟语花香，他嫌累耳朵。不过，没办法，只好跟着李萍去找那个"鸟语花香"。"鸟语花香"说要控制扩散，唯一的办法就是给安静加大服药的剂量。

从医生办公室出来，他问李萍为什么这时候去休假，是准备去旅游，还是准备去三〇一医院进修？

因为李萍跟他算得上是无话不谈的好朋友，所以告诉他，她怀孕了，要流产。他笑着说又是一次意外吧？她说是。他问她已经有多少次意外了？她不好意思地伸出四个手指头。他知道，她跟她的丈夫是一对欢喜冤家，总吵，为鸡毛蒜皮也能吵得天翻地覆，接着就是冷战，冷战往往能持续十天半个月，再接着就会因为一个媚眼或一句软话而和好，和好必合欢，合欢之夜又常常因迸发的激情而忽略了防卫措施，结果意外就不可避免地发生了。

有人说，生过孩子的女人已是被吸吮过的葡萄，这话用在李萍身上一点儿也不恰当，她依然娇娆如花。

李萍休假的那天，"鸟语花香"跟安静谈了一次，安静同意"鸟语花香"的建议，加大服药剂量。安静对万喜良说跟我去做头吧，怕是以后想去也去不了了。万喜良说走吧，我陪你。外面正在下雨，下的是毛毛细雨，他们俩打了一把伞，相拥着离开了医院。

到了美发厅，安静从提包拿出一张克里斯汀·邓斯特的画片，跟美发师说就要她那种瀑布似的发型。还说也许这是我最后一次做头了，你给我做仔细一点儿。做头的是个挺嬉皮的小伙子，说没问题，瞧好吧您呐。这小子嘴特甜，凡是四十岁以上的女人，他一律叫小姐；而四十岁以下的他都叫小妹妹，效果奇佳。

这一套，万喜良也会，会得更多，如果不嫌恶心，对五十岁的女人也可以用香港鸟语叫她们"你们女生"，一般来说，她们都能坦然接受，而且很受用。不就是要讨女人欢心吗？那还不容易。

做头是个漫长的过程，需要相当长一个历史时期，女人受得了，陪绑的男人则绝对有水深火热的煎熬感。

不过，万喜良倒没有那种感觉，他坐在美发厅的长椅上，东瞅瞅，西望望，看着来来往往的女人，饶有兴趣，仿佛看西洋景。似乎从小他就有这个爱好，只是小时候站在胡同口看的是汽车，开始看女人则是青春期以后的事了，一边看，一边琢磨对方的职业、生活习惯和脾气秉性……特无聊的一件事叫他做得特专业。

万喜良是个能坐得住的人，而安静则不是，一边做头，一边东张西望，时不时还掉过头来跟万喜良搭讪两句，弄得理发师得不断地提醒她坐好。万喜良觉得她非常好笑，笑她像个蓝精灵。

突然，安静指着旁边一个把头发染成绿色的女孩，说又没到万圣节，你干吗将头发糟蹋成这样啊。那个最多也就二十岁的女孩一下子脸就红了，愤愤地说你操心太多了吧？安静仍旧说你最适合布兰妮·斯皮尔斯式的发型，清纯的那种。她是那么执著，包括多管闲事。

那个女孩真的生气了，跳起来说做什么发型是我的自由，关你屁事。安静却不急不躁，一脸的平易近人，说你的自由不是问题，问题是你的自由会给我带来审美障碍，一个绿鹦鹉满大街跑，有碍观瞻。

一屋子的人都笑了，那女孩气急败坏地骂安静一句土包子，抬屁股走了。另外一个把头发染成玫瑰红色的女孩也悄悄走了。安静还一个劲儿问周围的人，她说的话是不是有道理。万喜良带头说有道理，很有道理。安静知道万喜良是在挖苦她，也笑了，又问他自己是不是太三八了。万喜良诚恳地说是三八，实在是三八。

从美发厅出来，已经是黄昏时分了。雨停了，用不着再打伞了。半道上，安静问他自己的发型怎么样？万喜良说好。安静嗔怪地说了句怎一个好字了得？万喜良赶紧补充一句，说好到倾国倾城，足以叫唐太宗失魂落魄。安静得意了，这么说还差不多。

安静以公主般傲慢而婀娜的步子穿过人行道，修长的身影显得鹤立鸡群，而万喜良站在她身边简直就像一个跟班，一个随从，一个给打华盖的角色。

加大服药剂量之后的安静却是另外一种样子了，她不再拥有娇艳的肤色和饱满而性感的嘴唇，一整天都在昏睡，睡着的时候，眉头紧皱，双唇紧紧抿着，弯成一条下垂的月牙似的弧线，仿佛进入了梦魇中。

万喜良担惊受怕地守在她床前，他总有一种莫名其妙的忧虑，怕她再也不会醒来。"鸟语花香"告诉他这种可能性几乎等于零，才让他松了一口气。他不时地用手将她的头发抚平，还把她的手攥在自己的手心里，暖着，因为她的手很凉很凉，除此之外，他实在想不出什么办法来帮她，可是，又想帮她。

其间，安静的眼睛睁开过几次，但却没能醒来，翻个身，又昏睡过去。

她真正醒过来的时候，已是转天的黎明时分了，她第一眼看到的就是离她只有些微距离的眼睛，那是万喜良的眼睛。欠起身来，看到的却是床铺四遭摆满了的花，有茉莉，有雏菊和木槿，恍若到了童话世界，这都是万喜良特意为她采撷来的。

你醒了？万喜良以双手托住她的脸蛋，惊喜地凝视着她，一个劲儿问她饿不饿，他给她买的南瓜派就放在桌子上。她轻轻地说我要。

他说你要什么？她说我要你吻我。当他拥紧她时，他能感觉到两个人的心跳是那么的快，血液如同翻腾的火山岩浆，灼热而疯狂。

这一刻，世界仿佛融化了，留下来的只有激情及萦绕不去的欢愉。也许是太投入了，她再次昏了过去。

万喜良吓坏了，一边使劲儿捏着她的下巴来回摇，一边叫着她的名字，老半天，她才缓过劲儿来，笑了笑，还要吻，简直像个第一次走进糖果店的孩子，充满了新奇并渴望能进一步地探索。万喜良见她醒来，在胸前画了个十字，喃喃地说谢天谢地。

她仰躺着，用手轻抚着他的脸颊，笑着说我梦见你了。他问她什么时候。她说就是刚才。她的笑看上去有那么一丝的哀伤和一点儿痛楚。他问她梦见他在干什么。她说梦见他向她求婚，他驾驶着一架飞机，盘旋，飞机的尾巴上拖着一面长长的标语，上面写着亲爱的安静，嫁给我好吗？

哇噻，真够壮观的，万喜良说。可惜，他不会开飞机，就是坐飞机还晕呢，非吃药不可，而且必须远离窗口。

安静吐了吐舌头，说想想总可以吧。万喜良让她喝了一点儿果汁，还用面巾纸给她擦拭一下嘴角，说你纯粹是个思想犯。安静抬起头来勉强露出微笑，说不但是个思想犯，而且是现行的。

转过天来是个好天气，最适合于出游、野餐或是散步什么的，可是，安静实在没有力气爬起来，除了洗洗脸、梳梳头之外，只能躺着。万喜良陪着她，大部分时间都是用手臂环住她的腰。

轮到万喜良放疗的日子，他总是托付别的病人的家属照料安静一下，安静不让，说她谁也不要，只要他，叫他快去快回。所以医生给他用标记笔在体表做标记的时候，他就一个劲儿催人家快一点儿，医生不耐烦了，说催什么催，又没着火。他说他的事比着火还紧急。

放疗一完，万喜良就克制着生理反应，赶紧往回跑。推开安静病房的门，她将目光投向他，眼眸中竟是泪水盈溢，她委屈地说你怎么才来呀,等了你这么久!他的十指插在她的头发里,不住地说对不起,真的对不起。

她将他拉过来躺在自己旁边,把头枕在他的胸上。

好几次,他都差一点儿吐出来,但他竭力忍着,并像个圣诞老人似的,一会儿给她拿一瓶矿泉水,一会儿又给她喂一勺蜂蜜。即使这样,安静还是一个劲儿地撒娇,呢喃地要这要那,像个永远都满足不了的孩子。万喜良偏偏就是喜欢她这样。

他几乎是一分钟都离不开她,假如他有一分钟不在身边,她就会审问他半天,问他干什么去了。他只好告诉她去做上帝也要做的事情去了。她问上帝做的事情多着呢,谁知道是哪一件。他平静而又简单地说撒尿。

她就笑个不停,随便骂了一句该死的。一般说来,病人对这种话历来是很敏感的,不过,这种话出自安静之口则另当别论了。万喜良说我还有好多年好活呢。她说你也已经活过好多年了。

安静有时候就是这样百无禁忌。

现在,万喜良已经没有呕吐的感觉了,只是肠胃一阵阵灼烫,五脏六腑仿佛都涌到了嗓子眼,在那里兴风作浪,真正是四海翻腾云水怒,五洲震荡风雷激,每到这时候,他就恨不得马上去死,因为那种滋味太难受了,甚至比失恋还难受。

16

安静渐渐度过了最艰难的一个时期,又可以去户外活动了。他挎着这么一个美人坯子招摇过市,特吸引人眼神。别的科的病人都以为是一个病人家属在照料一个病人呢。他就有点儿郁闷,说她穿得太花哨了跟他不般配。她说她就是不爱武装爱红妆。

万喜良说哪天我也把病号服脱了,西服革履起来。

安静一本正经说西服革履反而不适合你，你身穿病号服其实挺酷的。说完，就跑，万喜良在后面追。

追上她，让她鞠三个躬，才放过她。她笑着说杨争光在一部小说中说：人生在世，有两样事是经常的，是很重要的，一个是吃吃喝喝，一个是日日戳戳，具体到我们头上，还多一样——病得唧唧缩缩，你说呢？

万喜良故意托着下巴景仰地凝望着她，说你讲得真好，讲得真精辟，我由衷地想振臂高呼一声，向安静同志学习，向安静同志致敬。她啪的一巴掌打在他的脑门上，说去你的。

时间的马，累倒了，他们也去午睡了。这一天，一个不速之客打断了他的情梦，是他的初恋情人来探望他。这让他多少有那么一点儿心猿意马。他们分手之后，再也没有见过面，算来已经有六年之久了。她没什么变化，容颜依旧如莲花，只是无名指上多了一只戒指。

她说是朋友的朋友告诉她，他病了的消息。

她说她有一些药，也许会对他的健康很有好处。

那都是些补充维生素或补钙的进口药。她滔滔不绝地给他介绍这些药的成分、功能、用量和贮藏方法，通俗流畅，比背诵北岛的诗还溜。遗憾的是，万喜良几乎一句都没听进耳朵里去，只是回想起过往的日子里一些情景，他和她在一张桌子吃饭，在一张床上睡觉，却从不会在同一时刻想同样的事情……

他没有想过，他们的久别重逢会是这样子的，他以为她会对他嘘寒问暖，充分体现出某种人文关怀。结果，他从她嘴里听到的只是一个推销员的习惯用语，唯一带有感情色彩的一句话是看在老朋友的份上，她卖给他的药一律八折。

他发现，她最大的变化就是不会笑了，她说起她要推销的药庄严而又狂热，全神贯注，记得，过去他们在一起的时候她不是这样的，总在笑，总是主动地解开乳罩的松紧带诱惑他。他们谁都没有注意到安静悄悄地走进来。安静也没言语。直到他们都累了,一个是说累了,一个是听累了,安静才说道世上恐怕没有任何一种药能治他的病,你就别费劲儿了。

当她知道万喜良得的是什么病,悻悻地对他说你怎么不早告诉我,让我耽误这么长时间。万喜良无辜地说你并没给我说话的空隙呀。因为她,他仿佛成了自己生活的陌生人。她要走的时候,他也没有拦她。

倒是安静拉住了她,你们好歹也算是朋友吧?

她迟疑了一下,点点头。

安静说既然是朋友,你想一下,是不是忘了一件十分重要的事情?她上下打量了一下自己,一脸的惶惑。安静说你忘了问候你朋友的健康状况了,半个钟头里,我没听你说过一句该对病人说的话。

她脸红了一下,打开门就走了,高跟鞋的鞋跟像爵士鼓的鼓点似的渐渐远去。万喜良痴痴地立在一边,正所谓醒后楼台,与梦俱明灭。西窗白,纷纷凉月,一院丁香雪。

安静骂了一句我靠,只有宇宙中最烂的行星才会出现这样的生物。万喜良也无奈地点点头。安静问他这个女人是不是他众多的情人当中的一个。万喜良苦笑了一下。安静把他的头抱在自己的胸前,抚慰着他,说幸好不是所有的女人都这样。万喜良说比如你,安静眉飞色舞地说知道就好!

他们缠绵了好一阵子。

安静问他平素最调皮的东西还想不想调皮。她羞答答地把手伸到他的大腿间,一脸反清教徒的表情。

万喜良说想是想,但不知能不能,因为它很久没调皮了。

我们回家去好不好?安静的话像空气,一下子稀释了,弥漫在房间的每个角落,令他颤栗,颤栗得有如秋风中的一片树叶。

他问她回谁的家,你的,还是我的?她说随便。他说他的家早已四壁空空了，他住院之前，把家里所有值钱的或不值钱的东西都送给了朋友，房间空得就像被打劫过一样。安静说那就去我那里好了。

安静的房间完全是另外一番景象：整洁而井然，就跟她在家里时一样，甚至还特意换了新床单和新窗帘，为的是等她的父母来，不受太大的刺激，他们会以为她只是临时出去一下，或是去图书馆借书，或是去超市买东西。安静说本来她打算在门口挂上一个牌子的，写上"安静故居纪念馆"，后来怕引起负面影响，才没挂。

进了屋，安静在上个世纪初出产的唱机上，扣了一张 78 转的老唱片，让它袅袅地转起来。接下来，就是拥抱，特热烈的那种，可是，脱掉衣裳之后，两个人突然间都失去了信心，仿佛一盆水，一下子熄灭了他们炽热的欲望，无论是索取的欲望，还是给予的欲望。笼罩着他们的是一种惧怕，一种对失败的惧怕，万一做不好呢？他们不愿意给彼此的心灵留下什么阴影。尤其是他，功课撂得太久了，会生疏的。况且还做了这么久的放疗。他问她你行不行？她没答，却反问道你呢？

一时间，似乎所有的东西都短路了，他们的思维几乎成了一片废墟。一场情色剧就这样草草落幕。事后，安静偎在他的怀里，说只要我们相爱就够了。他说是啊，我们早已脱离了这种低级趣味，成为一个高尚的人，一个纯粹的人，一个有益于人民的人。他们使劲儿地在脑袋里翻腾着新鲜句子，来为他们的性恐惧寻找理由，既是为说服自己，也是为说服对方。

她给他煮了一杯真正南美味道的咖啡，就这么裸着身子跑来跑去的。坐下来的时候，他们拿对方的性别特征取笑，给它们起绰号，她叫他山毛榉，他则叫她维纳斯的小山丘，他们对这样的色情游戏很投入。

这一天过得很愉快，尽管他们没有做爱。他们躲在安静舒适的小房间里，就像雨天躲在茂密的森林里，既可以听淅淅沥沥的雨声，呼吸湿漉漉的新鲜空气，又淋不着。他们真不愿意离开这里，再回到医院去。

17

在病房过的每一天都像做噩梦。

而真正噩梦般的日子是从五月中旬开始的，万喜良出现了幻觉，走在草坪，明明见到一个架双拐的汉子过来，他赶紧让路，就在他们擦肩而过的时候，那汉子却突然蒸发了，安静告诉他根本就没什么架双拐的汉子过来；坐在屋里，明明看到电视机上有一个苹果，伸手去拿，却抓了个空……这种状况屡屡发生，让他很郁闷。安静把她的项链挂到他的脖子上，项坠里镶嵌着她的照片，她说放心吧，别怕，有我保护着你呢。

渐渐地，万喜良添了一个毛病，无论是谁跟他打招呼，他都用手摸一下对方，判断是不是幻觉，才敢答话。这时候的他处在一种奇怪的精神状态下，就像我们发现雨燕绕着树在飞，能预感到暴风雨将要来临一样，他也有某种不祥的预感。主任却对他说不必多虑，凡是身体某个部位出现病态时，神经系统也必然会有这样或那样的障碍。这是正常的。

安静每天都陪着他去看心理医生，他不去，她就跟他闹，逼他就范。心理医生给他开的药，她也监督着他按时服用。那些日子，她总是穿得花枝招展，衬衣尤其色调明朗，说这样能调节他抑郁的心理。她甚至还在他的房间里洒了些薰衣草味道的香水，让他闻起来心情舒畅。

半个月以后，幻觉逐渐消失了，万喜良的脸上又有了笑容，好像他刚刚度过了一个寒冷的漫漫长夜，清晨，太阳终于出来了。他吻她的时候，又恢复了昂扬的激情。一天，他吮着她的耳垂，说你知不知道我一旦病好了，要做的第一件事是什么吗？她说不知道。他告诉她他要做的第一件事就是要和她做爱,而且要她怀上他的孩子。她咯咯笑了,说他是一个追求肉欲的大色鬼。他说才不是呢,当一个男人向所爱的肉体深处射精,满足的其实是他的心灵,而不是他的肉身。

嘻嘻哈哈一阵子,安静一本正经地说我真想生一个孩子,生一个你的孩子。

他说最好是女孩,长得跟你一样美丽。她则说要生就生男孩,越淘气越可爱。唇枪舌剑了半天,也没个结果,只好暂时休庭。他们握着手,看着天,不语,一个神秘的微颤,经过他们两心深处。要是真能把我们的幻想付诸现实就好了,他们在想。

不过,幸运的是,他们彼此之间始终保持着一种新鲜的情感,不会腻烦,或者都来不及腻烦,他们不会像所有相处太久的夫妻那样,每天晚上上床的时候照例男人亲亲女人的两腮,如果女方有心做爱,就会把腿架到男人身上,并让男人吻她的嘴,如果不想,就说一声我累了。到最后,实在撑不住了,就离婚,像护士长那样。这样的生活太可怕了,乏味透了,乏味得像喝过三遍的袋茶。

不,这不是他们想要的。

他们所要的是留住现在。

比较起来,安静的这种念头似乎更为强烈,她恨不得把世界上所有钟表的指针都拔掉,让时间停顿下来,停在眼下这一刻。她甚至还曾做过这样一个梦:梦见自己爬上了这座城市最高的一座楼的楼顶,用撬棍把大钟的表盘砸个粉碎。那座楼是那么的高,仿佛一伸手就能够着天空……她把这个梦讲给万喜良听,万喜良只是摸了摸她的头,然后点上一支烟,没说话。

只要万喜良吸烟的时候,她就想吸烟,平时不想。

她吸烟的样子特嬉皮,总喜欢把烟叼在嘴角上,忽左忽右。万喜良看不惯,就免不了要皱眉头。

万喜良不太喜欢女人吸烟,奇怪的是,他喜欢的女人没有一个不吸烟的。没办法,似乎是命运使然。这天,他们刚点烟,就碰见值班医生"蟋蟀"来查房,吓得他们赶紧把烟丢到窗外,然后装模作样地拿起一份报纸来读。"蟋蟀"是个小伙子,最大的爱好就是喜欢吹哨,不过,吹哨的水平一般,他一吹哨,病人们就想撒尿,所以,他在病人的黑名单上还有另外一个绰号,叫呋噻米。呋噻米是一种利尿的药。

别人见"蟋蟀"都躲着走,安静却不,安静经常跟他探讨吹口哨的技术问题,很有共同语言。而且,安静的口哨吹得不错,令"蟋蟀"折服,所以偶尔违个规犯个错,"蟋蟀"也能替他们担待点儿。

18

放疗之后,总有这么两三天万喜良吃不下饭去,总恶心。安静看在眼里,急在心上,一天上午跑出去,去一家意大利菜馆买意大利空心粉。她想,医院食堂里的那几道看家菜早已倒胃口了,换换口味也许会好些。她跟那个意大利老板很熟,可以让他精加工一下。

说来也很有趣,她跟那个意大利老板的交情是吵架吵出来的,属于不打不成交的那种。一次,在那儿看球,是中国队对西亚一个球队的比赛,裁判是个意大利人,一味偏袒西亚那个队,结果中国输了,所有人都把矛头指向裁判,这个老板却说裁判判罚是公正的,安静就带头跟他吵起来。

这还不算,安静一干人等连续几天都站在意大利菜馆门口搅他的局,给他来个坚壁清野,最后,还是老板服了软,大骂了那个意大利裁判,才博得了安静等人的谅解,菜馆又生意兴隆起来。以后,大家都成了朋友。那个老板叫安静是义和拳。

她拜托老板每餐做一道风味菜,换着花样做,别重复。做好了派个伙计送到医院去。甫看老板跟墨索里尼是老乡,又长了一双蓝眼珠,却也很水浒,他拍着胸脯说小意思,包在哥们儿身上。听安静说要给他加一点儿车马费,他怒了,说你太小瞧哥们儿了,哥们儿是这么抠门的人吗?结果,不但没要她的车马费,还给她打了八折。

万喜良知道她的良苦用心,为了让她高兴,吃不下也要吃,而且做出一副饕餮状,果不其然,这真叫安静开心得不得了,亲昵地捏着他的鼻子,夸他是她的乖孩子。趁安静不留意,他悄悄溜到卫生间里再吐出来,吐出来反而胃口更舒服。他心里说对不起安静,我不是故意的。

受蒙蔽的安静仿佛受到莫大鼓舞似的,更来劲儿了,接下来又跑到川菜馆、粤菜馆和日本料理去给他定餐。她忘了谁说过,要抓住男人的心,首先要抓住他的胃,这种话她当然不信,但是看到万喜良吃得津津有味的样子,她还是很有成就感的。

安静说你太瘦了,我希望把你喂得胖一点儿。

万喜良说这也是我毕生追求的目标,可惜,难以达到。

记得初中毕业的时候体检,他的体重就是一百斤,跟豆芽菜似的,经过十几年的阳光哺育,他终于茁壮成长了,体重长到了一百一十斤,这是他最辉煌的纪录了。这个纪录保持没多久,就病了,体重又大幅度下降,已经下降到一百斤以下了。这年头,全中国人民都在减肥,只有他是个例外,是个另类。他恨不得一口吃成一个胖子,这是他的一个远大理想。

安静说她从不吃奶油,不吃冰淇淋,不吃巧克力,怕胖。自十三岁开始就跟这些东西绝缘了。万喜良就拼命地去吃奶油,去吃冰淇淋,去吃巧克力,吃得一个劲儿闹肚子,仍坚持,隔一段,一过秤,不但没胖,反而瘦了,没办法,也许自己就是这样的品种,属于苗条型。最后,只好放弃了努力。

万喜良吃东西的时候,安静只在一边参观,从来不跟他一起吃,就饿着。

奇怪的是,万喜良越吃越瘦,而安静却越饿越胖,她的脸庞已经失去了原有的棱角和充满阳光的色彩,双颊竟也微微凸起,像个吹喇叭的号手。

这让万喜良的心理极不平衡,他说老天并不像想象的那样公平。

安静故意气他,眨巴着眼说做人要厚道,嫉妒可是一个性情中人的大忌呀。

万喜良悻悻地说你错了,我不是什么性情中人,我只是性中情人。说完就坏坏地笑起来。安静戳了戳他的脑门,说你真流氓。

这时候的他们还没有意识到不幸正在悄悄地降临到他们的头上,否则的话,他们就笑不出来了。

一天,她发现自己的肚子鼓了起来,调侃说可能是怀孕了吧。他却郑重其事摸摸她的额头,说她发烧说胡话。她说她小时候就以为男人和女人只要一亲嘴就会怀孕,所以,从不让男人亲她,包括她的父亲。

不幸,已经露出了冰山的一角,他们却对此一无所知,她坐在他的膝盖上,亲昵着,这会儿对他们来说不早不晚,来生苦短。

病房的门是没有插销的,他们独处的时候,就用一把椅子挡在门口,有人推门,椅子就会倒,就会给他们报警,让他们假装庄重起来。

这天,真的有人闯了进来,幸好他们没做什么有伤风化的勾当。

19

"鸟语花香"把安静找了去,表情特严肃,严肃中还夹杂着忧愁和抑郁。这让万喜良很不安。他对"鹦鹉"说一定是发生了什么,一定是,不行,我得跟着去看看。

医生办公室的门紧闭着,他只能在门口徘徊,等待安静。安静从里面出来,他才能知道究竟发生了什么,此时此刻,他所能做的唯一的一件事,就是胡思乱想,让自己的心灵饱受煎熬。他知道,一场暴风雨等待的时间越长,就会叫人越害怕。

刚刚上班的李萍发现了他,喊他一声嘿,你在那儿转悠什么呢。他惊喜地问她你的包袱已经卸掉了?她说是啊,可以轻装上阵了。他问她知道不知道"鸟语花香"找安静做什么。她说是在这次例行检查时,发现安静的病情有了变化。他像个被吓坏了的孩子似的,两只眼睛惊恐得睁得又圆又大,赶紧问有了什么变化?李萍摇了摇头说现在还不清楚。

过了一会儿,安静笑模笑样地从医生办公室里走出来,脸蛋依然像一只熟透了的水果一样,只是挂上了一层霜。

万喜良迎了上去,问她医生说了什么。她轻声说了两个字:腹水。他愣住了,说都腹水了,你还笑得出来?她撇着嘴说不然又能怎么样,我们什么都躲避不了,尤其躲避不了命运赋予我们的磨难。他无奈地跺了一下脚,骂了一句他妈的。她笑了,也跟着骂了一句真他妈的。

回到病房,他们先是用肢体语言交谈了一阵子。两个人拥抱着,滚动着,一个人压在另一个人的身上。她吻他的时候,仿佛把他囫囵个地吸进去了。这让他恐惧,这种恐惧汇成暗红色的潮流不断冲击着他。她安慰他,说没什么好担心的,我只遗憾的是,如果我死了,你会孤独的。她离他这么近,一双嫣然的眼睛,两瓣温柔多情的嘴唇,都清晰得不能再清晰了。

他用手捂住了她的嘴,然后拿食指沿着她的唇线慢慢游走,他觉得她的嘴唇细腻而又倔犟。他相信触觉是唯一不可替代的感觉,罗丹说,手从来不撒谎。

他说你错了,我不会孤独,我永远都不会孤独,因为你要是死了,我也就不活着了。我不允许你先我而去,记住了,我不允许!说出这样一番话,对他而言,是无奈的,很早很早以前,他就幻想着会碰到一个英雄救美的机会,他会挺身而出,大展身手,现在机会来了,他却无能为力。

　　她把他紧紧搂在怀里,并将他的头安置在她双乳之间的乳壑里。她说这样吧,要么不死,要死我们就一起死。

　　没有任何一个地方,比她的胸怀更温馨更舒适的了。她好像是长着一对翅膀的鸽子带着他,飞起来,飞到仙女们翩翩起舞的天堂,那里有月桂树和雾。他愿意在她的怀里待一辈子。

　　她恐怕永远也不知道,他是多么的感激她,是她让他体会到了爱上一个人是多么幸福的一件事。以前,他当书商的时候,看见许多人在每个城市都成上一个家,找上一个女人,那些人以为这就是幸福,可是他们很快就发现他们的女人无一例外地给他们扣上一顶绿帽子。当时他只觉得他们可笑,并不觉得他们可怜,跟安静好了以后,他才意识到他们有多么的可怜,因为他们连幸福是什么都不知道。幸福就是爱上一个能给你智慧的女人,而且她也爱你,她也能从你那里得到她应得的智慧。

　　安静说我们俩的情绪都不大对劲儿,得调整一下才行。她把拔掉了的电话插头接上,拨了个号码,头一句话就是问对方今天安排了什么节目。对方答了一句。安静用手捂住话筒,朝万喜良俯下身子,轻吻了一下他的鬓角,说飙车去不去,都是我的死党。万喜良撒狠似的说去,不去白不去。他想,做什么都比躺在这里强,躺在这里只能被病魔玩弄于股掌之间,生命就这样一点点地消耗掉了。安静冲着话筒说晚上我和我的男朋友也去。对方准是开了一个什么玩笑,所以安静说到时候你们就知道了。

　　这是一个炎热的晚上。飙车的地点是在郊外的公路上。安静的那班姐妹见了安静,这个推,那个搡,一通臭骂,审问她这么久钻进哪个老鼠窟窿里躲起来了,还拍着她屁股、捏着她的脸蛋指责她丰满得已经太不像话了。安静任凭她们骂,光是笑,只是在那班姐妹把视线转移到万喜良身上的时候,她才警告说请你们别那么色迷迷地好不好,我可是会吃醋的哦!

她的一本正经,把那班姐妹全都逗笑了,笑得直不起腰来。其中一个看上去蛮清纯的女孩故意问她,来个礼节性的拥抱可不可以?她斩钉截铁地说没门,又挽住万喜良的胳膊说别怕,她们不敢碰你一根毫毛。

肉麻,肉麻死了,那班姐妹发出一阵嘘声。

万喜良除了对她们抱以微笑而外,似乎别无选择,不过心里却在说:真够疯的,整个一辣妹组合。

闹够了,安静问她们怎么个玩法。她们说这里有两辆车,一车是雄的开,一车是雌的开,比谁跑得快,如果雄的赢了,雌的就要陪雄的睡觉,如果雌的赢了,雄的就得给雌的买礼物,而且是点什么买什么。安静赶紧声明,随便你们,我们只是观察员。

他们俩也挤进了她们的车里。一个人驾驶,一车人给她使劲儿,车子就开得疯快,他们的脑袋总是有节奏地相互碰撞着。很快,就超过对手的车,遥遥领先。万喜良吓坏了,脸色惨白,长这么大,他还从没坐过开得这么快的车子呢,要不是"虚荣的虚荣心"作怪,他早就惊叫起来了。

最后获胜的是她们,她们跳跃着,欢呼着"乌拉,乌拉",把一个宁静的夜搅得沸沸扬扬。安静也跟着她们拥抱在一起,欢庆胜利,不过,在万喜良看来,她们更像是自相残杀。

他们与她们分手的时候,安静对那班姐妹说你们不要问我从哪里来,又到哪里去,到时候,我会跟你们联系的。那班姐妹马上做出恋恋不舍状。安静拍拍她们的脸蛋,说乖,听话。万喜良这时候才发现,她们的眼睛很特别,有湛蓝的,有橙红的,甚至还有一只眼睛湛蓝,一只眼睛橙红的,后来还是安静告诉他,现在流行彩色隐形眼镜,不管你近视不近视。

回来的道上,万喜良说既然是你的好朋友,你就没必要向她们隐瞒什么。

安静说你要我给这些不知烦恼的家伙增添烦恼吗？不，我不会那么做。

她们这些家伙倒是挺好玩的，万喜良说。

安静说，她们的人生目标其实很简单，一是嫁人，二是做爱，追求了这么久，也没有实现，只好把顺序颠倒过来，从容易的入手。所以，跟人做爱就成了她们的日修课。

20

安静现在又多了一个新的治疗项目，抽积水。一到那天，她就像一只沉默的羔羊一样，皱着个眉，不说话。

他猜，抽积水的过程一定是一个十分痛苦的过程，所以，她都不让他在场，假如他不肯走的话，她甚至会歇斯底里地冲他吼道滚出去。当然，事后她又会跟他道歉。

后来才知道，她每次驱逐他出境的原因，不是因为痛苦，主要是因为羞涩，她不想让他看到自己盘起的发髻散开的样子，更不想让他看到自己没有外包装的躯体……

抽完腹水之后，她就会恬静安宁一阵子。

万喜良却开始失眠了，吃药也不管用，大部分时间里他都是疲惫懒散，目光呆滞，终于有一天，他撑不住了，昏迷了过去。

医生忙活了好一阵子，才让他醒过来。

他醒了，医生就算完成任务了，迅速撤离，回办公室抽烟去了。一直埋伏在门外的安静乘虚而入。

你是怎么搞的？她嗔怪道。

我不是故意的，他解释说。一脸的忧心忡忡。

这一次昏迷，是不是吓的？她问道。

他没回答，也许是拒绝回答。

如果你害怕，不妨说出来，她的口气有点儿诱供的味道。

他依然沉默，他觉得他有权保持沉默。

害怕就是害怕，有什么好回避的，他越不说，她就越想一探究竟。

他的眼眶红了。

你能告诉我你怕什么吗，怕疼，还是怕死？她以为他害怕，又不愿向她承认，这是不坦率的表现，在安静词典里，不坦率是个最差劲儿的贬义词。

安静曾经介绍一个男同事给她的女伴，那个女伴长得很古典，上床做仰卧起坐的熟练程度却很现代，本来，也算不了什么，这年头就这样，可她非要装处女，这让安静非常看不惯，所以，在她女伴跟对方介绍自己不善交际，跟男孩子很少来往的时候，安静当场戳穿她，说如果不算虎子的话。她女伴赶紧说她跟虎子只是有过短暂的接触。安静说跟虎子是挺短暂的，不过跟武迪交往得久一点儿。她女伴又声明跟武迪来往得久是久，但是属于淡如水的关系。安静说对，我可以证明，关系深的是谭健，他们同居了一年多。最后，把她女伴气坏了，杀她的心都有——安静就是这样一个人。

谁要跟她装孙子，她就非得把你折磨成真孙子不可。现在，她就是如此这般的来对付他的，软硬兼施，威逼利诱，终于万喜良扛不住了，大声说不错，我是害怕，可是我是害怕你，总是要抽腹水会使你一天比一天虚弱下去，到那时，我怎么办？

安静一下子愣了，仿佛当头挨了一棒。

两行泪顺着他的脸颊流下来。

对不起，她打了自己一巴掌，用舌尖轻轻舔去他的泪，十分感动地说对不起，我真该打。

这么一来，倒叫他有点儿不好意思了，他刚才的表现简直就是娘娘腔的缩微版男人，他有意调侃了一句，我真傻，都是你逼的，差一点儿把我逼成老年痴呆症了。

　　安静把他的手指含在嘴里,就像含一支棒棒糖。她说我不介意,我真的不介意,其实,她骨子里非常介意,介意得无法用言语表达。

　　从此,她对他更加心存感激了,总想找机会报答他一下,比如她见他之前妆化得比过去精心,充分调动粉饼、唇膏和眼影,让他在视觉上有赏心悦目之感;再比如她穿上平日不敢穿的那件世界上最短的裙子,配上性感的吊带小背心,脚蹬一双镶银边的皮凉鞋,以取悦于他。昨天晚上,她甚至把自己打扮成一个舞娘,嘴里叼着一枝玫瑰,大跳热舞,要不是护士突然闯进来,还指不定出别的什么洋相呢。护士是来给万喜良送安眠药的。

　　万喜良失眠的毛病略有好转,但仍属于非正常状态,只在每天的后半夜才能睡上一会儿。

　　安静挖空心思想帮他一把。

　　为此,她甚至找到心理门诊去咨询,得到的治疗方案是心情愉悦加上适量运动。于是,她不知从什么地方弄来一本笑话集,在他做俯卧撑的时候给他念,常常能让他笑得岔了气,瘫在地板上爬不起来。当然,要挑最有趣的段子念,效果不错。有时他会烦,她就鼓励他,让他把做俯卧撑想象成模拟性做爱,那样就有斗志了,把万喜良气得够呛,说我这小身板,他妈的跟谁做爱呀。她飞一个媚眼给他,说当然是你爱的,也是爱你的美眉喽。

　　坚持就是胜利,这话没错,没几天,万喜良的睡眠质量就有了大幅度的提高,有一次,俯卧撑还没做完,就睡着了,甚至还打起鼾来,他打鼾像唱歌,四二拍,进行曲速度。

　　安静兴奋得快要疯掉了。

　　就是在她买到那条他最喜爱的紫罗兰色连衣裙时也没这么兴奋过。

　　那一晚她就守在他身边。她倒是想将他抱到床上去来着,只是抱不动,弄不好,还会把他吵醒。

一觉醒来，已经是午后时分了。他们本来就属于时间比较模糊的那一群人，以前他每天都是被住所附近的一所小学做广播体操的声音吵醒，而吵醒她的则总是早晨路过的清洁队的洒水车，那些洒水车的标志乐是《我爱北京天安门》。

　　住进医院以后，简直就完全忘了世界上还有一种叫时间的东西，这东西在这地方跟阑尾炎差不多，毫无存在价值。

　　安静问他睡眠质量如何。万喜良伸伸懒腰，说累死了，一点儿力气都没有了。安静说怎么可能，我看你睡得蛮香的。万喜良说我一直做梦，梦见自己背着个超大旅行包攀登喜马拉雅山，爬了整整一宿，也没爬到顶峰。安静吐了吐舌头，说对不起，是我趴在你身上睡着了，那个超大旅行包就是我。

　　万喜良笑了，欠起身子说我该起床了，一会儿主任就来查房了。安静说你可以免去起床这一程序，用不着那么费事了。万喜良问为什么。安静说床闲着呢，我们昨晚是躺在地板上睡的。

　　他们赶紧打扫战场。万喜良嘴里一个劲儿唠叨着，我们就像一对偷情的狗男女，真他妈的糟糕。安静拉开窗帘，说这还不算最糟糕的，最糟糕的是我曾经在浴盆里洗着半截澡就睡着了，转天起来，我浑身浮肿得像个瓢虫，所有熟悉我的人看见我的那副惨状全都晕过去了。

　　万喜良一边穿衣服一边模仿着《列宁在十月》里的电影台词说"小姐们都晕过去了"。他喜欢这部电影，几乎可以背出里面所有台词，甚至还有过一幅上个世纪七十年代的电影海报，可惜找不到了。

　　病人们挤在一个卫生间里洗漱了一下，就各自回到自己的房间，盖上被单躺好，静静地等着主任来查房。这是医院里最日常的一道风景。

　　可是，等了整整一个世纪，主任也没出现。

　　万喜良只好到办公室去查主任的房。

　　李萍说主任不在，查完房就去忙别的事去了。万喜良惊讶地说主任已经查过房了，我怎么没见他？李萍诡异地笑起来，说你没见过他，他可见过你了，见到你跟安静睡在一起。

万喜良傻了，脸孔仿佛石化了一般，喃喃地说我们什么都没做，只是聊天，聊着聊着就睡着了。李萍眨巴眨巴眼睛，谁也没说你们做什么了，干吗反应这么强烈呀。万喜良还想解释，张了张嘴，却什么话也没说出来。

李萍咯咯笑个不停，可能她觉得他的那种饱受屈辱的眼神太戏剧化了。万喜良说不行，我得去找主任，跟他解释清楚。李萍说主任不在，处理一起盗窃案去了。万喜良知道，有一些贼专门偷病人的东西，他就碰见过，提溜着一个水果篮，挨屋进，屋里有人就说他是看病人的，不巧走错门了，屋里没人就可以趁机下手。不知道这一次又轮到谁倒霉了。

只好回病房。在走廊里，所有的病友碰见他都用异样的眼光看他，有的病人还过来拍拍他的肩膀说他艳福不浅什么的。

他就百般解释，跟祥林嫂似的絮絮叨叨，可是谁都不信他，谁都不信！他们的表情好像是在说别狡辩了，既然已经被捉奸在床，还有什么好说的。

万喜良郁闷地走进安静的屋里，垂头丧气地靠着门站着，脸色惨白。安静赶紧问他怎么了，他无奈地把一切都告诉了她。

安静听完之后，撇撇嘴说这也算个事，你的心胸太狭窄了。我还以为天塌了，地陷了呢。

万喜良说人言可畏呀，你忘了阮玲玉是怎么死的了？安静戳了他脑门一下，说你真是个窝囊废，走，我们走。万喜良问她干吗去。安静调皮地做了个鬼脸，说示威去。

安静就挽着他的胳膊招摇过市，哪儿人多，奔哪儿去，还不时地含情脉脉地望他一眼，脸上洋溢着爱意，跟病友聊上几句的时候，她更是当着他们的面，亲热地替他抻抻衣襟或是抚平蓬起来的头发什么的,一副贤惠妻子的架势。

很快,就没人再对他们指手画脚了,显然,他们已经习惯了,并接受了这个事实,假如碰见只有万喜良一个人出来进去的时候,他们还会关切地问一句,喂,跟你相好的那个小伙伴干吗去了。这让他对安静多了一些敬畏,他认为自身不具备却仰慕已久的一切品质都聚焦在她身上——聪慧、率直、乐观。一般来说,男人都喜欢崇拜他们的女人,而他则不然,他更愿意去崇拜他喜欢的女人。崇拜女人的感觉真好。他迷恋这种感觉。

他曾把这种感觉告诉安静,安静说为什么你这么晚才认识我,我二十岁的时候你干吗去了?

万喜良故意作憨厚地说那时候,我正在长春道上开一家古旧书店。安静惋惜地说要是我们在患病以前认识就好了。万喜良说那样的话,我们的孩子现在就可以到处跑了。安静抬手要给他一下子,和他四目相对时,见他眼中满是酸楚,泪水就不争气地流下来。

21

进入六月的第一个星期天,科里死了三个人。

第一个叫乔峰,比万喜良还小一岁。他长相一般,怎么看都和英俊潇洒沾不上边,偏偏给自己起个网名叫白兰度青年版。病之前,他最大的理想就是睡上一百个女人,然后,再结婚,所以,他把自己打扮成摇滚歌手的模样,整天待在酒吧里,泡妞。没想到,还没完成指标的五分之一,他的身体就垮了,躺到了医院里。他的理想一下子成了泡影,给他的打击很大,刚住院的那段时间,他常常无端地发脾气,暴跳如雷,看谁都不顺眼,逮什么砸什么,病房里的玻璃无一幸免,护士们背后都叫他疯子。

到末了,折腾够了,也就没力气再折腾了。他从家里搬来一台电脑，天天上网聊天，专跟寂寞的女人嚼舌头，玩网恋，人家提出约见，他也答应，而且准去，去了，却不露面，躲在阴暗的角落里，用 X 射线一般的眼光把那个女人看个够，然后，走开。从此就再也不理她了，接着寻找下一个目标。他就是这样从中得到一丝乐趣，有乐趣总比没乐趣强。网上有人叫他是少奶杀手，他也不在乎，还没事偷着乐。这些经历都是他亲口告诉万喜良的，不然，万喜良怎么会知道？其实，这时候的他已经是骨瘦如柴了，刮三四级风都可能把他吹个跟头。

病情恶化以后，他连上网都做不来了，因为，坐也坐不住了，只能躺着，一边输液，一边吸氧，即便是这样，他也闲不住，拿起电话，随便乱拨，如果是个男人接，就撂了，如果是个女人接，就骚扰两句，虽然说不上两句，他已是上气不接下气了，但却依然春意无限，对方要是骂他，他似乎就来劲儿了。听说，他咽气半个钟头以前，还拨过电话……

死的第二个是运副局长，病友们都叫他"孕妇"。这个人一辈子谨小慎微，谨小慎微也是他得以爬上局长交椅的车票，是他的全部家当。他不抽烟，不喝酒，不敢正眼看漂亮女人，一言一行都要顾忌到别人的反应，尤其是正局长的反应。

正局长跟他恰恰相反，抽烟喝酒不算，还有好几个小蜜，公文包里总装着避孕套。他老是盼着正局长有一天一个跟头栽下去，再也爬不起来了，那么接班的就该是他了。

一个人整天迈的是台步，说的是台词，一招一式都很拿着个架子会很累的，所以每天回到家里，浑身就跟散了架似的，瘫在沙发上，自己都爬不起来，所能做的就是打开电视，不停地换台。老婆跟他亲热，他也只能敷衍一下，很少全情投入，他要分出一部分精力来琢磨，在过去的一天里，哪件事，哪句话，哪一个表情是否都妥当，会不会给人留下坏印象。

他只有在看足球的时候，才能找到流露真情实感的机会，也是他最好的发泄时间。他每周看一场足球，是自己掏钱买票的那种。在那里，没人认识他，他可以笑，可以哭，可以跳着脚骂大街。

当他查出得了绝症之后，一点儿都没失态，只是沉默了一下午，然后叫他老婆给他买来最好的烟、最好的酒，以及平时舍不得吃的生猛海鲜，饕餮一顿。当晚跟老婆做爱的时候，他表现得激情澎湃，甚至还叫出声来，把邻居们都惊动了⋯⋯

住进医院，前来探视他的那些同事发现，他完全变成了另外一个人，豁达、开朗、百无禁忌，他的表情似乎是庄严地向全世界宣告：以后，我想怎么着就怎么着，活得更有尊严最好。

他咽气的时候，他老婆趴在他身上哭，一再说你要是早就这样轻松地活着，多好啊。就得不了这个病了。

死的第三个人是个少妇，年龄介乎于三十二到三十六之间，其实，她床上挂着的床卡上就写着，可惜万喜良没有留意。他跟医生聊起过她，对她的大致经历他是知道的。她二十来岁的时候，在一个旅游团里，遇见了一个男人，很谈得来，他们都认为对方就是自己要找的人，第二天就开始了约会，第三天就脱离了旅游团开始了自由活动，第四天就在一个浓荫掩映的峡谷里肌肤相亲，第五天两人就登上了婚姻的殿堂，他们是那么的和谐，有共同的爱好，有共同的口味，还有共同崇拜的偶像，他们觉得他们是世界上最般配的一对。

结婚后的第一件事，就是要个孩子，要个他们爱情的结晶，可是三年过去了，仍然没有收获。他们跑到医院去检查，医生说一切正常，只需他们有足够的耐心。那一阵子，他们疯狂地做爱，在房间的每一个角落，不过，不再是为了爱，而是为了爱的结果。

他们已经记不清他们走访了多少家医院，试过了多少偏方，均告失败。他们绝望了，开始考虑要不要接受人工授精，就在这时候，她突然莫名其妙地有了妊娠似的反应，譬如呕吐，譬如嗜睡，还譬如腹部一阵阵地痉挛，他们夫妻大喜过望，都流下了激动的泪水。两个人高高兴兴地到医院去做妇科检查，医生却对他们说很不幸，她肚子里的不是胎儿,是肿瘤。他们一下子就晕了过去。

住院的开头那段时间里,丈夫对她的关怀几乎是无微不至的,帮她,抚慰她。可惜好景不长,渐渐地,他来得少了,有时候连着一个礼拜都看不到他的影子。她有了一种不祥的预感,不久这种预感就被证实了,他又有了新欢,而且那个新欢还怀了他的孩子。她只对他说了一句,以后你不用来了。从此,就再也没说过话,仿佛已经丧失了语言的能力,一直到死,都这样。

对于病友的先后离去,活着的人并不怎么震惊,只有一缕涩涩的酸楚在心头。他们谁都没去吊唁,他们知道,这样做多此一举,因为,很可能下一个辞世的就是自己。他们都异常的平静,不平静的那个阶段已经过去了,和死亡做个好邻居,是他们不得不接受的现实。人怕死,就是忒拿自己当一回事了,多年前,一颗原子弹扔下去,成千上万的人魂飞烟灭,人家不冤吗,可人家又说什么了?他们想开了。能想开了真的是一种境界。

22

万喜良和安静正在病房里讨论着什么,这个世界问题太多,所以他们总是在讨论,突然间,门啪啪响,万喜良跑去开门,门外却没人,他说是谁这么讨厌,安静说是一条狗,你看,就在你脚下。果然,一条黑狗蜷缩着身子趴在那里,瑟瑟发着抖。安静过去摸了摸它的头,它用哀求似的目光注视着她,她以为它是饿了,找些东西喂它,它却一口不吃,只是一个劲儿地摇尾乞怜。万喜良说这个可怜的家伙一定是需要我们的帮助。

这时候,楼道一阵杂沓的脚步声传来。安静说一定是找它来的。万喜良让她把它安顿好,自己走出去,一群人问他看没看见实验室里的一条狗,说这条狗在做肾移植手术实验的时候跑走了。万喜良骗过他们说没有,然后匆匆地回到病房,跟安静说明了情况,安静说我们不能让他们领走它,他们会把它杀了的,太残忍了。

两个人在卫生间里给那条狗铺了几块毛巾,让它躺在那儿休息,它听话地趴下,感激地舔了舔安静的手,安静特仗义地拍拍它的脑袋,说放心吧,他们找不到你的,人在阵地在。他们给它洗了个热水澡,又用电吹风把毛吹干,就算暂时安顿了下来。万喜良说这样总不是个办法。安静说先把它掩蔽起来再说,不管怎么样,这也是一条性命,救它一命,胜造七级浮屠。

当天晚上,安静做了一顿丰盛的晚餐,有金华火腿和午餐肉罐头,款待那条狗。那条狗显然是饿了,吃得很没风度,安静让它喝酒,它没喝,吃得还不少。这让安静十分开心,她给它起了个名字,叫莱昂纳多,它也欣然接受,她一叫它,它就摇着尾巴跑到她跟前,听候吩咐,她不叫它的时候,它就静静地待在一边看电视。万喜良酸溜溜地说整个晚上你一直跟你的莱昂纳多套近乎,把我丢到了脑后,置之不理。安静骂他一句醋坛子。

不到一周,莱昂纳多就融入了他们的生活,成为他们的一员。他们聊天,它就蹲在两人中间,谁说话就看谁,但从不多嘴。它是个乖巧的小家伙。只有在内急的时候,它才会用爪子去挠万喜良,让万喜良带它到阳台外面的草坪上方便一下。安静说它一定是雄性的。万喜良问何以见得。安静说每当它需要帮助的时候总是找男人,找女人它觉得伤它自尊心。万喜良说不知为什么,它却有着一双只有女人才有的忧郁的眼睛。

能够让它不再忧郁的就是看他们亲热,看他们接吻,看他抱着她转圈,它好奇得要命,上蹿下跳,围着他们一个劲儿打转转。这时候,见多识广的鹦鹉就会冲它喊,不许看,说你呐小坏蛋,不该你看的就不要看!它瞪了鹦鹉一眼,紧皱着眉头,哼了一声,仿佛是在说,给我老实点儿,不然就给你点儿厉害看看。鹦鹉见它不听自己的,闹得更欢了,说你呐小坏蛋。最后,终于把他们吵烦了,把手里的活儿撂下。安静冲它们大喝一声见你的鬼!鹦鹉老实了,莱昂纳多也老实了。

因为有了莱昂纳多,他们的病房就有了家的感觉,挺好的。这天,他们出去了,特别还嘱咐莱昂纳多别乱跑,可是,回来却发现它已经不见了。他们俩急坏了,四处找,几乎把整个楼道的犄角旮旯都找遍了,也没见着。还是一个病友告诉他们,狗是让几个医生牵走了,那狗拼命地挣扎,叫得可凶了。安静要去实验室把狗要回来,万喜良说那狗本来就是人家的,怎么可能给你。安静说他们会杀了它的。万喜良无奈地说,这就是它的命,谁让它是一条实验狗来着。

莱昂纳多的失踪,让安静郁闷了好几天,她总想它。万喜良只好想尽办法逗她开心,还带她去医院的人工湖去钓鱼,就用柳条钓,不留神,也能钓上来一条两条的,可惜,鱼太小了。安静倒不嫌小,她把小鱼放进一个罐头瓶子里,又丢进些绿苔和浮萍的碎叶,说是当鱼的干粮。钓鱼的时候,差一点儿叫保安把他们逮住,幸亏他们跑得快。湖边有个牌子,上面写着:严禁垂钓。

不管怎么样,这条狗给安静留下的深刻印象是抹不掉的,只要有动静,她就认为是莱昂纳多在召唤她。有时候睡半截,会突然惊叫起来,把隔壁的万喜良吵醒,跑过来,她就对他说你听,好像有狗叫。万喜良侧耳听了听,说哪来的狗叫,明明是救护车的笛声嘛。她从窗口往外看,什么也看不见,说救护车怎么会响这么长的时间,起码响了两个钟头了。万喜良说你等着,我去看看。

过一会儿,万喜良回来告诉她,中山路上出了一起恶性交通事故,一辆长途汽车撞到路边的小卖部里,估计司机是疲劳驾驶开着开着车睡着了。受伤的有十好几个人呐。安静说难怪救护车响个不停呢。这么一折腾,盹过去了,也睡不着了。他就搂着她的腰,跟她聊起来,她却把他的手从自己的腰间拿开,说别碰我。

怎么了,他问。她揪了揪他稀稀拉拉的胡子说你该刮刮了,再不刮别人会把你误以为是账房先生了。他说这好办,明天我把许师傅找来,给我拾掇拾掇。许师傅是这个医院唯一的一个理发师。

别,安静说千万别找他,他经常给死人理发,那些推子刀子什么的都不干净。他摊开双手,说那怎么办?她想了想,说我来,我老人家亲自动手给你刮刮胡子。

万喜良神情严肃地说不会是真的吧?安静说放心,我干过这个,经验丰富着呢。万喜良的目光严厉起来,安静赶紧说别多心,我只是给我父亲刮过胡子,那时候小,什么都新鲜。他哼了一声。她扑哧一笑,把脸凑上来,寻找着他的嘴,他却故意不让她的阴谋得逞。不住地转动着脑袋,躲她,她锲而不舍,终于捉住了他的唇。她说傻瓜,谅你也跑不出我的手心。他知道她最怕痒,胳肢她,她就笑得不行,连气都喘不过来了,他问她究竟谁是傻瓜,她只好说是我,我是傻瓜。

李萍从门缝里探进脑袋来,嘘了一声,笑声戛然而止,他们俩相互吐了吐舌头,不吱声了。局面越来越失控,这时候,李萍一走,他们就又捂着嘴巴笑起来,突然,李萍再一次闯进来,好奇地问他们笑什么,万喜良说别问了,少儿不宜。李萍愤愤地说呸,我什么没见过呀。这差不多是她的口头禅。她刚一说完,他们俩就模仿着她的腔调,接着往下说我刚还给一个男同志下过尿管呢!

原来这是个典故。最流行的一个版本是这样的:一次李萍给一个小伙子打针,那小伙子害羞,捂着屁股不撒手,李萍问他怎么了,他说他怕她难为情,李萍说嗨,我什么没见过?从来不怕难为情,都是难为情怕我,刚才我还给一个男同志下过尿管呢。她的豁达和豪迈把小伙子震住了,赶紧松开捂着屁股的手,说这屁股归你了,你想怎么摆弄就怎么摆弄吧。

好啊,找开心找到我头上了,李萍威胁他们说,记住,以后你们俩要是落到我的手里,打个针输个液什么的,我会给你们好看!他们俩一看问题严重了,又赶忙哄李萍。

安静在窗外的草坪上种了一株向日葵，居然活了，可是长到膝盖这么高，茎干就枯萎了。这引起了她一阵阵的伤感，她说我会不会也跟它一样啊。她的身体真的越来越虚弱，洗个头都会感冒，可是，不洗头又受不了，她爱惜头发胜于爱惜生命，一天不洗头，她就会觉得脑袋上顶着的是一蓬乱草，担心会有麻雀在上面筑巢。万喜良只好在她洗头之前，先把室内温度调高了，再让她去洗。洗过之后，又尽可能地把头发擦干净了，用电吹风吹干了，再让她出屋，结果，照旧还是要感冒。

好在李时珍就住在对面，能帮他们一下。李时珍是个记者，得了病，就开始遍读医书，不到一年半的时间里，便收集上千个民间偏方，有个小毛病的，找他最方便，用不着烦医生开处方取药什么的。

李时珍喜欢抽烟斗，穿华服，一张嘴医学术语比医生还医生。"鸟语花香"说他的病最难治，你给他开什么方子，他都提出质疑，争上半天。医生开的药，他也随便增减剂量，甚至自己还乱开些中药煮来吃，从不遵医嘱，医生说他，他就翻开医书，给医生念上两段，叫医生直摇头，背地说他早晚得要这些医书给害死。

万喜良跟李时珍比较谈得来，虚心求教的时候也多，不过，求他不能白求，有个条件，你要抽他一袋莫合烟，还要夸烟好，除了这，别的倒没什么。万喜良闲着爱溜达，而李时珍则不同，李时珍爱面对窗户静静打坐，很有点儿仙风道骨的意思。

这一天，李时珍突然指着窗户外边，对他说你看到那边那个人了吗？万喜良顺着他手指的方向看去，只见一个白发苍苍的老女人，坐在柞树下面，托着下巴用怀疑和戒备的目光盯着从她身边走过的每一个人。他问她是谁？李时珍说她是这个医院的元老级病号，已经住了三十多年了。他问她得的是什么病？李时珍说什么病也没有。

没病干吗要住院？万喜良很奇怪。李时珍摆摆手说一言难尽，别提她了，还是先说说安静吧。也许是因为李时珍突然变得严肃起来，万喜良的心里咯噔一下子，盯着他，等待下文。李时珍把手搭在他的肩膀上,语气沉重地说一个人总感冒发烧可不是好兆头啊,得小心着点儿。万喜良点头说我知道。李时珍说知道就好。

　　见到安静以后,他只字没提李时珍的告诫,只告诉她元老级病号的事。安静趴在窗户上,端详了那个白发苍苍的老女人半天,才若有所思地问他,你说,一个人要是住在医院三十年,会有什么感觉?

　　万喜良说恐怕麻木得什么感觉都没有。他不愿去想,他也想不出来。这个问题远远超出了他的想象范围。幸好,他们得的病没那么缠绵。

23

　　夏天的所有闲暇时间里,他们只干一件事,那就是喝啤酒。啤酒是冰镇的,门口小卖部有的是,只要别让主任和护士长他们发现就OK了。啤酒可以把烈日喷出来的火焰浇灭。至少他们这么认为。

　　喝得差不多了,他们就相互背一些书的片段,让对方去猜,当然,绝大多数是爱情描写,比如安静背诵道:她的身体是一个圆润而又厚实的女人的身体。他们彼此拥有之后,就在她取过衬衣要穿的一瞬间,她赤裸裸的身体被夕阳的光辉镶上一条金边……没等她背完,万喜良就要说出,这是法国一个叫帕斯卡·吉尼亚写的《世间的每一个清晨》,说不上来就算输了,输了就得罚酒一杯。

　　还是安静记忆力好,都说得上来,万喜良就惨了,输得一塌糊涂。

　　这天,他们俩正为输赢较着劲儿呢,一片模糊不清的嘈杂声传来,跑出屋,见护士长正跟一个人吵吵,那个人肩膀挺宽,柴红脸膛,头像牛一样低垂着,任凭护士长说破大天来,一声不吭,一打听才知道,这是个山西来的庄稼汉子,闺女病了,欠了医院一屁股账。

　　护士长本来是个得罪人的差事,上头催她,她就得追患者。幸好,他们俩的医药费早交了,也就用不着护士长来跟他们费口舌。尤其是万喜良不但交了医药费,而且还多交了,估计到他死也花不完。

　　说来挺有意思,几年前,他的一个朋友最落魄的时候,万喜良拿出十万块钱,让朋友做个小本生意,打个翻身仗什么的,从来就没想过再要,都是一起光屁股长大的,要什么要!没想,那哥们儿开了家木器行,真出息了,成了个财主,找到他,非要加倍偿还不可,万喜良死活不要,那哥们儿干脆把钱给了医院,算作他的住院费了。

　　那个庄稼汉子很是难为情,一再说闺女病了好几年了,走京下卫,去了不少医院,早把积蓄花光了,只有等到大秋,庄稼收上来,才能有钱。护士长无奈地说医院有制度,这个那个的说了一大堆。庄稼汉子没词了,只能搓着手干着急。旁边有人说情,护士长说这不是我一个人说了算的事。这时候,安静挺身而出,质问护士长你总不能把病人赶到大街上去吧?一句话就把护士长问哑了,安静抓住这一相对平静的时机,胸有成竹地说缓几天行不行,我保证,不出一个礼拜就把住院费都给你交上!

　　回到屋里,万喜良问她你有什么办法?安静哭丧着脸说我哪来的办法,都是话赶话脱口而出的。万喜良哭笑不得,戳着她的脑门说你呀你,真是个惹祸精。安静摇曳着他的胳膊,说求求你了,你给我想出个办法来好不好?万喜良挠挠头皮,说急什么呀,你容我想想啊!

　　两个人奔拉着脑袋寻思了半天。突然,安静一拍脑门,说有了,我们在病友中间搞一次募捐行动,人人伸出手来拉兄弟一把,我想不会有人反对吧。万喜良将她的提议一票否决了,说恐怕有这个心,没这个力,大家都是病人,都需要打针吃药,哪还有能力帮助别人?

　　两个人又奔拉着脑袋寻思半天,这回计上心来的是万喜良,他说我有一个一石二鸟的绝妙创意。说着,就爬到铺底下在旅行袋里翻腾,安静问他找什么,他说找通讯录。

　　他有一个好朋友是报社的记者,白白的,胖胖的,头发剪得短短的,特像日本翻译官。最大的特点就是看见明媚灿烂的妞儿就走不动道儿。万喜良要给他打个电话，让他把庄稼汉子的难处写成一篇报道，既帮了庄稼汉子，又助"日本翻译官"一臂之力，一定会在社会上引起反响。安静也觉得这个主意靠谱，还把他上上下下打量了一番，推着他做了个三百六十度旋转，说行啊，想不到不看不知道，世界真奇妙，你的脑袋转速不慢哪。万喜良就说一般一般。

记者来了，庄稼汉子几乎一言不发，总是忧心忡忡地蹲在一边抽旱烟袋，实在逼急了，就说一句穷人就不该得病，得不起呀。再就没话了。安静在一边就干生气，心说这个人真急人，三脚踹不出一个屁来。

倒是患病的女孩嘴巴好使，把家里的窘境说得催人泪下，说到家里把最后的一只羊也不得不卖掉的时候，呜呜地哭起来，记者一边拍照一边抹泪，拍出来的照片叫人一看怜爱之情就会油然而生。照片一登，立时引起轰动，报社的热线电话都快打爆了，捐钱的、捐物的排成队，还有读者问病女孩的地址，要去探望她。安静高兴地说还是众人拾柴火焰高啊。万喜良说那是，要不当年干吗搞互助组、合作社呢。

安静主动担当起募捐委员会执行委员，先把捐来的钱物登记造册，然后再转交给庄稼汉子一家。

住院费很快就凑够了，安静拿去交给护士长，护士长狠狠地把她夸了一通，什么助人为乐呀，什么大公无私呀，那一大堆褒义词差一点儿把她淹死。

半个月下来，把安静累得够呛，抓机会就让万喜良给她按摩，她说浑身上下的每个骨头节都疼。常常在他给她按摩的时候，她就睡着了。

一天，万喜良的记者朋友跑来找安静，一个劲儿说对不起，他们看安静忙前忙后的，还以为她是医院的工作人员呢，后来才知道，她也是病人，大家都挺感动的，想采访她一下，表扬表扬。安静赶紧拒绝了，说饶了我吧。记者又要万喜良给说说情，没等万喜良开口，安静就说你怎么也跟着凑热闹，是怕我父母不知道咋的？万喜良没话了，记者也只好作罢。

就在那天,她让万喜良陪着到医院外面的电话亭打了一个电话,给远在美国的父母。她没说任何实质性内容,只是谈谈天,说说地,撒了撒娇,然后就挂了。挂掉电话之后,她才哭,哭得特委屈,万喜良把她抱在怀里,用手触摸她的脊梁抚慰着她,她说我现在特别想他们,想跟他们撒娇。

哭够了,她把眼泪在万喜良的肩膀头上擦擦干净,扑哧又乐了。走出电话亭,她一扫小可怜的窝囊样,又清清爽爽地出现在世人面前。万喜良心里说,整个儿一变色龙,却不敢说出口,怕她掐他。她喜欢掐人。似乎,所有的女人都喜欢掐人。

万喜良在街上总是跟她保持一臂距离。

安静就不高兴,她愿意挽着他的胳膊招摇过市,碰见熟人也不回避,还主动跟人家打招呼。她说怕什么,挽着胳膊又不有伤风化。万喜良说回到屋去再这么着,不好吗?想怎么挽就怎么挽。

安静狠狠瞪了他一眼,说男人真虚伪,开开门一脸的道貌岸然,关上门就是嬉皮笑脸,哪有女人来得率真,我警告你,在街上你不让我挽着你,在屋里我也不让你碰我。万喜良拗不过她,只好让她挽了。

24

现在的护士长已经跟安静成了好朋友,经常一起聊天,碰巧了,还下一盘棋什么的。安静总能把护士长杀得大败,护士长不是她的对手。她们下棋的时候,庄稼汉子就背着他的女儿在旁边看,她们邀请病女孩也来玩,她说她不会,她说她看着她们玩就挺开心的。

女孩走开的时候,安静说这女孩老是笑眯眯的,招人喜欢。护士长说我也喜欢她,说完,十分伤感地叹了一口气。

安静似乎从护士长的叹息背后听出些潜台词来,眼睛荧火似的闪了一下,问道怎么了,她的状况不好么?我看她最近的精神面貌焕然一新,还为她高兴呢。

护士长说她的病情加重了,安静注意到护士长的眼睛黯淡下来,安静以为她所见过的死人太多了,早已没了恻隐之心,看来,不是。

安静问道病情加重到了什么程度,还能撑上一年吗?护士长默默地摇摇头。安静又问那么撑半年呢?护士长仍是摇头。

安静不禁打了个寒噤,仿佛沙漠地区的一股寒风吹打在她的身上,她不敢再问了。护士长把视线移到窗外的灌木丛中,一字一句地说只有三个月的时间了。

25

那个白发苍苍的老女人仍然端坐在柞树下面,像一尊石雕一样成了住院部的一道风景。万喜良总是好奇地从窗口窥视着她,下雨了,风把树叶吹得索索抖动,也吹乱了她的头发,她却不去管,任凭雨滴把她淋得精湿。

他和安静曾经试图接近她,跟她攀谈几句,可是她那古怪乖张而又充满敌意的目光令他们望而却步。

骗人,你们只会骗人!她突然冲他们声嘶力竭地喊道。

吓得他们俩掉头就跑。照料老女人的护士说你们用不着跑,她不会伤害你们的,她总是怕被伤害。安静惊魂未定地指了指脑瓜,说她这儿没毛病吧?护士说没毛病,清醒着呢。

万喜良说人家告诉我,她什么病都没有,是吗?护士声音低沉地说那是她刚住院的时候。显然她是怕那老女人听见。万喜良又说那么现在呢?护士说没有一个器官没毛病。

安静说真是难以想象,我要是病这么久,不知会怎样。万喜良接过话茬说你不知你会怎样,我却知道我会怎样,只有两种选择,不是跳楼,就是疯掉。

那位已经不太年轻的护士说我刚来这家医院的时候,她还没这么老,瓜子脸,大眼睛,梳了两条长长的大辫子,抿嘴时还有一对酒窝,可漂亮了——当然,那已经是在二十多年前的事情了。

岁月无情啊,他们俩感慨地说。

虽然已经是夏日炎炎了,安静却常常莫名其妙地感觉到冷,总要穿上一件秋衣才行,而且手也是冰凉,要不断地用嘴在手上哈气。她知道,这不是什么好的预兆。她并不是刚刚感觉到这点,早在她出现腹水的那时候起,这种感觉就产生了,更糟糕的是,她只要一平躺下就憋气,呼吸不畅,睡觉都成了问题。有时候,她不得不把枕头垫得高高的,坐着冲盹,稍不小心就会从病床上栽下来,掉在地上,磕得胳膊腿儿青一块紫一块的。为此,她哭了好几回,一个劲儿地骂街:这种日子,真他妈的不是人过的。可是,她没有把这些告诉给万喜良,怕万喜良担心。所以到天亮,还照旧笑嘻嘻的,为掩饰憔悴的面容,她也只得浓妆艳抹起来。在安静的一生中,这段时光要算最艰辛、同时也是最绝望的了。好在有万喜良在她身边。

其实,万喜良比她更了解她的病情,他一天往医生办公室跑好几趟,跟医生研究治疗方案。"鸟语花香"告诉他,缩短抽腹水的间隔时间,会让她好受一点儿,不过,体能消耗得大一点儿。看着安静一天比一天憔悴,而且浮肿得越来越厉害,他感到一种说不出的凄清和悲伤。一天,她照镜子,突然尖叫起来,镜子里面的那个人是我吗,难看死了!安静是多么爱美的一个人,他怕她受不了如此大的打击,趁她午睡的时候,找来一些油漆,涂在了他和她病房里的镜子上。这下子,她就什么都看不出来了,他想。

安静早晨起来,发现镜子被油漆整个覆盖了,就问是谁干的。万喜良老实坦白道,是我。安静问为什么。万喜良说这面镜子有毛病,我在我家的镜子里照,浓眉大眼,拿这面镜子一照,尖嘴猴腮,严重地歪曲了我的光辉形象，一气之下，我就给它刷了一层油漆。

万喜良以为她会生气，会高高地撅起她的嘴巴，甚至可能暴跳如雷，结果，没有，她只是把眼神在他的身上逗留了半秒钟，淡淡地说了一句，你的形象没有你想象的那么糟糕，比如鼻梁和嘴都很个性，很男人。万喜良笑了，说别哄我了，五官搭配得不合适，就只有挑出一两个零部件夸夸，以示安慰。安静白了他一眼，说随便你吧，转身走出了卫生间，从此她再也不照镜子了。

她知道，万喜良所做的一切都是善意的，都是为了她。

夜里，安静被憋醒了，就再也睡不着了，她就胡思乱想，想得最多的就是她要是有个孩子该多好，一个女人一辈子没生过一个孩子，总觉得不完整。如果有可能，她希望能生一个女孩，过年的时候，打扮得漂漂亮亮的，像朵花似的，抱在怀里，人见人爱。周末可以带她去郊外野餐，戴一顶小草帽，光着小脚丫在草坪上跑，跑累了，就偎在自己的身上，睡一觉……想到这里，她的心就像荔枝蜜一样的甜。不过，她也知道，想也白想，那是遥不可及的一个梦而已。

这不公平，可惜公平不公平不属于上帝直接管辖的范围，那是命运的势力范围。命运使然。她有一个中学时代的同桌，多年没见，不想在马德里的街头不期而遇，她在那里专门慰藉那些"需要爱"的骨肉同胞，过来过去总有人在她屁股上拍一下，可是，她的怀里居然抱着一个可爱的小家伙，她说是她儿子。当然，令她羡慕不已。她们俩都没有想到会在那里相见，所以都很突然，同时感慨万分：在同一座城市住着，要碰见一个老友故交都绝非易事，相反，我们却常常不经意间会在伦敦在阿姆斯特丹在某个做梦都想不到的地方相遇故知，这是多么巧合的事情啊。现在，在这个不眠之夜，她也不知道为什么会想起她的那个同桌，特别是那个同桌怀里抱着的小家伙。……

夜里，她的病房的灯总是开着的，护士每隔半小时就来一趟，万喜良也时常过来探个头。他们一来，她就赶紧闭上眼，装睡，她知道，他们是怕她自杀,自杀是严重失眠者的副作用之一。不久前,这个医院就有一个人用刀片割腕死掉了。她想,她不会,她才没那么傻呢,就是为了万喜良,她也不会。

她不会,她想,其他人大概也不会。

结果,这天午后晒太阳的时候就碰见了这么一位。那是一个新来的病人。凑过来突然对她说能不能求你一件事?她注意这个新病人总是用一只被肥皂水泡白的手把一绺绺散发向后撸,很神经质,她说有事尽管说。新病人紧张兮兮地问道,你觉得哪种自杀方式最简单而又不太痛苦?她被吓了一大跳,一时不知怎么回答才好。新病人掰着手指头,说上吊、跳楼、服毒、车祸、割腕、投河、剖腹等,哪一种死法都不太舒服。她说世上就根本不存在舒服的死法,歇歇吧,别伤那脑筋了。新病人不信,非说只要集思广益,办法总是有的。从那天起她就替那个新病人担着一份心,唯恐她自绝于人民自绝于党,半个月以后,她又碰见了她,满脸红润,和男朋友端着食品托盘从那头走过来。她故意问她找到最佳自杀方案了吗?新病人说找到了,就是拼命吃,吃饱了撑死,要不就是拼命爱,纵欲过度而亡。把安静气得够呛。

她不得不承认,对方所选择的带有享乐主义色彩的死法,也自有一定的意义。不过,自己似乎更幸运些,因为她在生命的最后一刻遇见了万喜良,才使她补上了恋爱这一课,一个人,在人世间走一遭,连一场轰轰烈烈的恋爱都没有谈过,岂不是太失败了吗?

通常在凌晨四点左右,她能睡上一会儿。这时候,鸟儿已经醒了,开始叫了。等她睁开眼睛的时候,万喜良一定会在她身边。他已经给她准备好了早餐。此时此刻的万喜良,在她眼里要多可爱有多可爱。有一回,万喜良对她说你看我哪儿长得不顺眼,告诉我,我去整形科修理修理。她回答说如果从人文主义角度看,所有能与一张脸和谐相处的部分就是那张脸上生来就有的东西,原装的最好。她吃东西时,他就在旁边盯着,吃少了,他会说趁着我还能出去买,赶紧多吃点儿,也许以后只能吃护工送来的那些大食堂做的难以下咽的食物了。

　　她吃不下，食欲几乎等于零，于是，她就找各种理由搪塞他，甚至刁难他，偏偏，他有足够的耐心与她周旋，他会夹起一块里脊肉送进自己的嘴里，然后又夹起一块喂她，说这样总可以了吧。不偏不倚，公平合理。她只得就范。

　　她变得越来越依赖他，如果有谁来找她，他回避一下，她也会不满，会说只有爱斯基摩人在来客的时候，把自己的女人和食物留给客人，而自己却走开。

　　万喜良从不跟她较真，多半会用调侃的口吻说不光爱斯基摩人这样，蒙古人也这样，接着又扯到日耳曼人或是斯堪的纳维亚人，不知不觉就把她带沟里去了，不再闹了，开始很学术地跟他讨论起种族问题来。

　　她每天要服用各种颜色的小药片，还有胶囊，都苦得要命，对味蕾有极强的腐蚀作用，万喜良想出一个办法，先把巧克力在阳光下晒软，然后再把药片镶嵌其中，她吃巧克力的同时，把药也吃下去了，神不知鬼不觉。

　　她对巧克力有一种病态的痴迷，永远吃不腻，只是怕胖，所以有所节制，现在，病了，顾不得那么许多了，吃起来更是肆无忌惮了。

　　她知道，她完美体形的黄金比例早已被破坏了，该胖的地方不胖，该瘦的地方却又不瘦，虽然没有镜子可照，她还是知道得一清二楚。因为，她的许多衣服已经都不合体了，连心爱的牛仔裙都穿不下了。没办法，除了坦然接受还能有什么办法？谁叫你得病来着！

　　让她不能坦然接受的是，她引以为荣的飘飘长发也无法再打理，强打着精神去一趟美发厅，总是做头做到一半就睡着了。最后，她只好把头发束成一个马尾，简化程序，早晨起来，用一条蓝色的发带一束就可以了。她对万喜良说她放弃了过去的自我，是从变换发型开始的。万喜良抚摸着她的头发，说这样也很漂亮。她问是真的吗？他说是真的,向毛主席保证。

人从得病的那天起,个人生活就不可避免地进入到了萧条期。她听说自己得了不治之症的当天,曾爬到一座三十九层高的楼顶,往下看,那些人,那些车,那些纵横的街道,在她眼里都已经物化,让她一点儿感觉都没有。曾经有过的一切就此终结。她是个另类。办住院手续的时候,她在主任办公室看到了一尊人体模型,模型上标明了人体上所有的器官和穴位,就此,她明白了一个道理,在这里,一个人的道德水准、性格特征以及模样长相什么的都不重要,重要的只有你患病的那个位置,你不再是一个鲜活的生命,你只是由血肉、骨骼、微血管和神经组合而成的一个物件,跟那具人体模型没什么两样。她以为病后的她会颓唐下去,然而,却没有,蒙头大睡了三天之后,她又精神了,仿佛贴近了更为清醒的世界,她一气写了好几封信,都是写给平时跟她关系最僵的人,向他们表示了良好的祝愿,这样,她心里才踏实,带着平静的宽容的微笑一步一步地走向死神。

当然,这一切都发生在她遇见万喜良之前。万喜良给她开了一扇窗口,让她见识了她从来不曾见识过的风景,她感激他,由衷地。只是,每当她坐在他的膝上跟他接吻的时候,她的脑际都会闪过这样一个念头:我们要是不病该多好,也许我们会结婚,举办一个小小的婚礼,她穿着婚纱,听他在她耳边叫着她的昵称……

好在这个念头只是一闪而过,每天都有人死去,每天也都有人住进来,而她还活着,还爱着,还被中意的人吻着,她的脸上就再没有任何焦灼不安的痕迹了。一天,一个新病人问她病了多久了,她说有好几个月了,那个新病人脱口说了一句,病这么久,还活着呢。万喜良在旁边听了,一下子就火了,她却没有恼怒,心里反而想,是啊,病这么久,还活着,还有什么可抱怨的,你该知足了。

想开了,心胸就宽阔了许多,跟病友和平共处起来也显得自然了。很多女病友都愿意敞开心扉,跟她说些知心话。一个年轻的小学教师告诉她，她和她的丈夫非常好，只要允许每天都要亲热，可是，她要死了呢，很难说她的丈夫不会跟别的女人搞在一起，所以，她决定，她临死，一定也要拉上丈夫做垫背的，免得让别的女人勾走他。安静劝她半天，也没用，她只是低着头笑了笑，那笑容有些难为情，却又充满了对往昔岁月的追忆。

安静说豁达点儿，亲爱的，既然爱他就该让他快乐，随他去。那个小学教员说他是我的，永远都是我的，即使是我死了。她还说她丈夫是世上最潇洒、最英俊、最玉树临风的男人，平生再没见过第二个长得这么帅的。

后来安静真的见到了那个男人，特失望，那男人长得跟他妈的土豆一样。

安静把这个故事讲给万喜良听，万喜良说情人眼里出西施嘛。小学教员死了以后，她才知道，那个土豆一样的男人早就有了外遇，每次来医院，都让他的情妇在门口等着，敷衍完妻子以后，就跟情妇寻欢作乐去了。

安静就说早知道他是这么一个货色，还不如当初让他给他的妻子殉葬呢。万喜良微微一笑，说医院是个大舞台，天天上演着人生悲喜剧，待久了，看多了，就见怪不怪了。

待久了，真的见怪不怪了，那是因为麻木，从精神到肉体都是。一度，她总做梦，做一个相同内容的梦，那个梦是这样的：一天，主任给每个病人复查，给她复查的结果是误诊，她根本不是什么晚期肝癌，而是普通的肝硬化。主任一个劲儿向她道歉，她不干，要跟医院打官司，她甚至还给了CT室那个为她照CT的年轻医生一记耳光，一记响亮的耳光，然后，昂首阔步地走出这个被造物主遗弃的地方。每次梦做到这里就戛然而止，她就会醒来。她把这个梦讲给万喜良听，万喜良说他也做过类似的梦，醒来之后，发现原来这是一个梦，就赶紧闭上眼睛，恨不得把这个梦继续做下去……她说做这样梦的人一定是一个傻瓜。她明显地一脸沮丧。万喜良鼓励她说即使是傻瓜,也是有理想有抱负的傻瓜,而且是身残志不残的那种。

到探视的时间,其他病房都热闹了许多,安静和万喜良这里依然是静悄悄的。这一天也是病友们改善生活的日子,比如红酒烹鲤鱼什么的,她便到厨房里叫厨师把鲤鱼切成什么形状,葱头、丁香和面包渣什么时候放,接着再搁多少糖,多少奶油、多少红酒,做出来色香味俱佳,绝对棒。万喜良问她从哪儿偷来的手艺。她说从书里,这道菜就是从托马斯·曼的《布登勃洛克一家》中看来的。万喜良说敢情是纸上谈兵啊。她诙谐地笑了,你以为呢!

这里也常有病友住到半截就出院,那一定是囊中羞涩,住不起了,与其在这里躺着,还不如回家享两天清福呢,左右是个死,他们这样说。其实是他们不愿意拖一屁股债,自己一蹬腿走人了,留下亏空给儿女们增加负担。

安静和万喜良总是要送他们,送出去老远,遇到个感情丰富的,还可能抱头痛哭一场,泪飞顿作倾盆雨,他们都清楚,这一别,从此就再也见不到面了。也就是所谓的生离死别。

回到病房,两个人总是默默无语两眼泪,斜靠在墙上,抽着烟,突然,万喜良会说要是赶上公费医疗的时代就好了,我们还可以尽情地享受社会主义的优越性。安静耸耸肩,她属于二十一世纪,对上个世纪的一切都陌生得不得了。

他们之间有代沟,表现在方方面面,就拿女性审美来说吧,他喜欢那种脸庞圆润、身材丰满的女生,觉得很性感,而她则对骨感美人情有独钟;他崇拜的偶像还是高仓健的时候,她常常挂在嘴边的名字却是莱昂纳多·迪卡普里奥。至于说到吃,他的保留性食品是炸酱面,而她简直就是吃着肯德基长大的……所以,她说他是个老东西。

26

时光流逝着,而他们对此并无觉察,这是一种极端无组织无纪律的生活,特散淡,很容易适应。如果万喜良没有病的话,他甚至会喜欢上这种生活。他开始多多少少地理解那个住院最久的白发苍苍的老女人了,待在医院虽然寂寞,却也安逸,有一种与世隔绝的隐士味道。

现在他已经知道老女人的故事了,是李萍告诉他的。

这天,他又在窗口看见了那个老女人。他远远注视着她沧桑的脸,两只手深深插在裤子口袋里。她坐在一把折叠椅上,她永远也不知道远处有一双眼睛在盯着她。

她原来是一个跑长途运输的汽车司机,当然,那还是比学赶帮超的火红年代,她的单位成立了一个三八红旗运输队,她是其中的一员,当时很是英姿飒爽。

在一次社会主义劳动竞赛活动中,运输队的队长说,谁拉得多谁跑得快谁一年行驶无事故,谁就可以成为本年度的模范标兵,挂锦旗,发奖状。

那一年,她和她的姐妹们铆足了劲,风里来,雨里闯,大多数都圆满地完成了指标,她们简直是心花怒放,以为自己能十拿九稳地获得模范标兵的光荣称号,可是结果却不是这样的,因为名额有限,他们只能十几人当中选出一个来,报送局里,最后,她落选了,这对她的打击太大了,很长时间,她都不吃,不喝,不睡觉,光发呆,领导给她做思想工作,她也听不进去,没多久,她的体重就从一百斤降到七十斤,瘦成了细麻秆。领导害怕了,赶紧把她送到了医院,到医院她也依然是不吃不喝,只好用输液来维持她的生命。

她开始进食,是在两个月以后了,两个月以后,局领导特意增加了一个模范标兵的名额给她。可惜,她的胃已经萎缩了,吃什么,吐什么。

很快,除了胃,她的肝,她的肾以及她的心脏都相继亮起了红灯,百病缠身。从此,她再也没有走出这家医院。好在,单位始终负担着她的医药费。

光阴荏苒,她过着几十年如一日的日子倒没太多值得苦恼的地方,心如止水,只对不曾获得模范标兵仍旧耿耿于怀。起初,她的那些姐妹们还惦记着她,常常谈起她,久了,记忆老了,她们结婚的结婚,生孩子的生孩子,几十年下来,差不多都当老祖母了,谁还会想得起她来?世上最糟糕的一件事莫过于被人们遗忘,她恰恰是这样的一个人。

作为一个人,尤其是作为一个女人,她无疑是个失败者,万喜良觉得。坐在树荫下她却一脸的浑然不觉的表情,浑然不觉倒是一种姿态,不过是他所知道的最凄凉的姿态。阳光滑过清亮的树叶,照在她因缺乏血色而异常苍白的脸上和她穿着的蓝白相间的病号服上,是没有口袋的那种。几十年来,任凭女人们的服装风云变化,她永远都是穿着这种没有任何性别特征的衣服,还用朱红的颜色标明医院的名称。万喜良猜想,她恐怕一辈子都不知道什么叫唇膏,什么叫眼影,更不曾尝试着化个妆什么的,来苏水的味道湮没了她作为女性的一切天性。也许她还能活下去,活得很久,甚至比他比安静活得长远得多,他却一点儿都不羡慕她,他欣赏那句诗:有的人活着他已经死了,有的人死了他还活着。他宁愿像后者那样,而不是前者,这是最不喜欢原则的他的一种原则。

他把这个念头告诉了安静,安静却说比起原则来,我更喜欢活生生的人,而且,我喜欢没有所谓原则的人胜过一切,你不觉得她活得很有信念吗,正是这个信念支撑着她活了下来,那就是那个她认为她该获得而没得到的模范标兵。起码她执著,我们有这种东西吗?

没有,他说。这年头什么都是为虚荣增加魅力的装饰品,而信念是实实在在的,是要为之流血的,是殉道,所以不流行,现在流行的是存在主义,是物质,是欲望,他慷慨激昂地侃侃而谈,似乎想用一句话来概括整个世界,可是他很快意识到这是徒劳的,根本做不到,只好耸耸肩膀又补充了一句,我们要是生在战争年代就好了。

那样我们就会打起背包,奔赴抗日前线,大刀向鬼子的头上砍去,安静做了个姿势,这时候的她脸上有一种极为动人的东西。她说战争年代跟今天比起来恰好相反,今天除了信念什么都有,而那时候什么都没有,却只有信念。

我总是向往着那个年代,起码不平庸,虽然是小米加步枪,却能够把宝贵的内在生命活出来,万喜良说。

要那样的话,你在前方杀敌,我在后方纺线,等着你胜利的消息,绝对不会有空虚的感觉,总有个盼头,有盼头的生活正是最有滋味的生活,安静一脸特神往的表情。

你还可以给我生上一大帮孩子,万喜良说。

行,你要我给你生多少,我就给你生多少,安静爽快地说,真事似的。

27

他们信步沿着湖边走着。

这已经是安静能够走的最远的路程了,超过这个距离她就吃不消了,就喘,就上气不接下气。

安静问万喜良知道不知道护士长为什么离婚。万喜良朝她摇了摇头。安静说导致他们离婚的最直接的原因是护士长有职业病,谈恋爱的时候,每次她那个预备役丈夫要跟她接吻,她就劝他放弃这个念头,因为从医学上讲口腔是最容易传播疾病的途径,还详细地将口腔的构造解释给对方听。万喜良饶有兴趣地追问道,后来呢?后来她丈夫就走开了呗,安静说。万喜良笑着说这不会是真的吧?他知道,她常常杜撰出一些笑话来逗他，她擅长这个。安静却说这绝对是真实的，而且是第一手资料——都是护士长亲口讲给她的。她用眼角瞄了瞄万喜良，那是她表示得意的特有方式。

那么她丈夫为什么最终还是娶了她？万喜良抖抖裤腿，湖边小径是潮湿的，草上也有露水。

他为什么不娶她？护士长当时年轻漂亮，而且十分正派，那年头这是择偶很重要的一个先决条件，安静说。

万喜良问道既然如此，他怎么又在结婚十多年之后跟她分手呢？

安静说，护士长告诉我，他们洞房花烛夜那天，做爱之后，她丈夫对她说他觉得很幸福，因为她的身体能让他享受到前所未有的满足。护士长马上反驳说，所有女人的身体结构都是一样，接着就给她丈夫上了一堂生理卫生课。她丈夫用怀疑的语气问道，你一个未婚女青年怎么懂得那么多？她说别忘了，我是学医的。

万喜良在胸前画了个十字，说谢天谢地，我没有摊上这么个妻子，否则气也要气死。

安静说，我保证你要娶她一个月，不，娶她一个星期就会离开她，她的丈夫够有耐心的了，居然忍受了十好几年才红杏出墙。难得。

万喜良惊讶地问道，你难道一点儿都不同情她吗，毕竟你也是个女人呀。

安静振振有辞地说，是女人不假，但不是护士长那样的女人。

万喜良争辩说护士长那样的女人也是女人哪。

安静抢白了他一句，说她是世上最不适于做妻子的女人，尽管她漂亮，尽管她正派，她给她丈夫的一举一动都制定了严格的卫生条例，包括衣食住行，那些条款加起来甚至比刑事诉讼法还完善，几乎是一网打尽。

28

安静的消极治疗方式开始显示出越来越大的危害性，根据她的病情恶化程度，仅仅服药是远远不够的，她的癌细胞就像空中漂浮着的粉尘，粘满了她的整个肝区，医生说那叫扩散。她不得不经常性地去抽腹水。万喜良再次劝她去放疗，她抚摩着他的头，还用热吻堵住了他的嘴，这是她惯用的伎俩：以守为攻。他对她的执拗十分恼火，却又无计可施，只好怄气说，如果你不去放疗的话，那么，我也不去了。安静说你真是个傻瓜，得了，别耍孩子脾气了，她笑着把手搭在他的胳膊上。她以为他是在开玩笑，所以并没有当真，其实，万喜良还真的不是开玩笑。

从那天起，他就再也没去过放疗室，而是躲到僻静的地方去读书，读海明威的那本《永别了，武器》，是林疑今的译本。直到放疗结束，他才回到病房，让安静察觉不到，最后还是医生向她泄露了这个秘密。

一天，他想吻她的时候，没想到她抬手就给了他一记耳光，下手非常狠，他感到火辣辣地刺痛，禁不住捂着腮帮子，半天说不出话来。她质问他，为什么会愚蠢地放弃放疗，而且还瞒着她。

万喜良说你不是也放弃了吗？我明明白白地告诉过你，你不去，我也就不再去了。

安静的眼泪刷地一下子流了下来，他想去搂她，但是她不让。她纳闷地问道，你为什么非要这样做？

万喜良说你不去放疗，身体就会很快地垮下去，就会没命了，而我靠放疗还苟延残喘地活着，有什么劲儿，倒不如不能同年同月同日生，但求同年同月同日死！

安静一头扑到他的怀里，紧紧地搂住他，张开嘴唇狠狠地吻他，像一头母兽一样，恨不得一口将他吞下去似的。她说我见过傻的，却没见过你这么傻的，难怪王尔德说一个人要做一件愚蠢透顶的事,常常是出于最崇高的动机呢。

王尔德还说过，跟我爱着的女人相比，整个世界都是微不足道的,万喜良说。

安静仿佛被震撼了,她带着哭泣的拖腔说好,我答应你去放疗,条件是你也一定要继续下去。

他们终于达成了协议,都去放疗,这是一个完美的结局。他们从中明白了一个道理,崇拜一个人,远比被人崇拜好,而且是好得多,他们更愿意拿对方当成自己的偶像,在心灵深处供奉着。

29

在安静第一次做放疗回来的那天,她突然问他,假如他们俩没有得病,没有住进这座医院,那会怎么样？没等他回答,她又说,一定是素昧平生,即使是在街上擦肩而过谁也不会看上谁一眼的,一定是这样。

万喜良觉得世上有两种人最具吸引力,一种是一无所知的人,另一种是无所不知的人,这两大特点安静身上都有。

安静无限感慨地说幸亏有那么多的偶然,才使我们成为一对恋人,偶然得了同一种病,偶然住进同一间医院,偶然又成了隔壁邻居……

万喜良说我倒觉得这是一种必然, 这种恰恰是我们爱情故事的最精彩的部分,为什么我们没得别的什么病,偏偏得这种病？为什么没去住其他的什么医院,恰巧住进了这间医院？又为什么你没有搬到别的房间,正好搬到了我的隔壁？只有一种解释——

安静随着他同时模仿着范伟的腔调说,缘分啊,然后又同时嘻嘻哈哈地笑起来。

他们都不禁庆幸起来，庆幸自己得了这么一场病，使他们相遇，使他们相爱，使他们能给自己短暂的一生一个说得过去的交代，这么一来，从某种意义上讲，得了这种倒霉的病也就觉得不那么倒霉了。

30

这天深夜，他们玩煲电话粥的游戏，各自在各自的病房抱着话筒，想象着他们俩是远隔重洋的一对恋人，见不着，只有靠一条纤细的地下光缆来抒发情感，测试一下他们的耐力，看看究竟谁第一个忍不住跑到对方的房间里去。

电话是安静先打过来的，她问他正在干什么，他说在读书，她说书读得太多就会不聪明，思考得太多又会不漂亮，他问她一不让读书，二不让思考，那么让他做什么好呢，她说你就想我吧，这是我最希望你做的一件事情。他说好吧，我听你的就是了。

你知道我现在在哪里吗？安静拿腔捏调地问道。

我猜一定是在伦敦的某个地方。

对，是在伦敦西区的一家酒吧里，就在海德公园附近的一条幽静而豪华的街道上。

那里一定很好玩。

不，一点儿意思也没有，枯燥无味。

为什么呢？

因为没有你，是的，这里什么都有，就是没有你。

那就马上搭乘当晚的航班飞回来好了，我等着你，我张开臂膀迎接你。

注意，你犯规了，警告处分一次。

我哪有，天哪，冤枉死我了。

你使用了诱惑性语言，这是被禁止的。

好,就算有则改之无则加勉吧。

在过去的一天里,你想过我吗?

想,当然想过,几乎是天天想月月想年年想,那种想念犹如滔滔江水绵绵不断。

继续说下去,我喜欢听这话。

我对你的想念不是现在正流行的那种,随感官的亢奋而来,因感官的疲惫而去,而是只有在莎士比亚笔下才能找得到的。

继续,你说的跟朗姆酒一样有味道,特别是那股子调皮劲儿,我喜欢得要命。

凭什么只要我一个人说,你呢?我现在不想说了,我想实实在在地把你抱在怀里。

也是,我们干吗自己折磨自己,明明近在咫尺,非要来什么远距离调戏,算了,不玩了。喂,你还磨蹭什么,快点儿过来吧,我都等不及了。

其实,万喜良比她更等不及,他丢下话筒,就跑进了她的房间,弯下腰去吻她抚摩她。她也搂住他的脖子,仓促迎战,他们都能感觉到对方的心在怦怦地跳。房间里弥漫着一股火药味,一触即发的那种,可是,突然安静一把将他推开。

别这样,小心人家会看见,安静梳理着蓬乱的头发,羞答答地说道。

装模作样历来不是她的一贯作风啊,万喜良愕然地瞧着她,一脸的茫然不知所措。安静扑哧一声笑了,说她只是想像别的女孩子一样,玩一把矜持,想尝尝那是一种什么滋味,看来,是把你吓着了。

只是对你的小女儿状不太适应而已。

去他妈的,还是不玩虚的好,我们继续爱我们的,因为我们的时间也不多了,说着,她扑到他的身上。

她不仅有非常精致的五官,非常美丽的长发,还有光滑得像琴键似的乳房。

她说你要是娶了我，你就会发现，我是个不坏的妻子，绝对温良恭俭。

他说你已经是我的妻子了，起码我这么认为。你要是特别在乎某种形式上的东西的话，那么，天一亮，我们就去登记结婚，到街道办事处。

安静吐吐舌头说，就怕结婚体检通不过。

他不让她再说下去，用唇堵住了她的嘴，堵得紧紧的。

一场短兵相接之后，他们终于能消停一些了，她偎在他的胸前，显得又清新又性感。他们再也没有兴趣去探讨结不结婚的问题了，他们明白，对他们而言，及时行乐可能是唯一的选择，像一首歌唱的那样——爱就爱了。

31

七月，是槐树花盛开的季节，他们早就商量着要去采摘些回来，可是，一直也没落实到行动上。

先是因为开空调，安静感冒了，等她好了以后，万喜良又因为淋了雨，发了几天烧。

李萍警告他们说，你们的身体越来越虚弱，最好不要再随便出去跑。

他们只好将自己软禁起来，大部分的时间都是在室内消磨，犹如一对困兽，大眼瞪小眼，相对无言。

起初，他们对这种跟清教徒极为类似的生活很不适应，总是趴在窗口往外看，而且，还要用想象力去弥补他们所看不到的东西。

终于有一天，他们想出一个驱除寂寞的好点子，就是通过电话，从附近的席殊书店购书，一般都是他们打电话过去，让店员们给他们念当月新书的书目，碰见他们感兴趣的，便让店员记下来，跑一趟，送到医院来。

万喜良热衷于美国殖民地时期的文学书，比如霍桑和库珀，而安静最迷恋法国新小说派的作品，比如罗伯-格里耶和杜拉斯，买来的书，他们一律包上书皮，万喜良喜欢用蓝色的铜版纸，安静则偏爱用牛皮纸。

这让他们很是快乐了一阵子，随着阅读范围的扩大，书店的新书已远远不能满足他们的需求，他们开始邮购。先在报纸上登一则启事，说明自己要什么年代什么版本的什么书，并留下自己的电话号码，然后就等着，很有一点儿姜太公钓鱼的意思，也怪，总会有人找他们，或廉价或高价把他们需要的书卖给他们。

让安静十分不爽的是，万喜良的收获常常比安静大得多，光霍桑的文集他就收藏了三种，其中三联书店的那一版译得出奇的精致。

安静愤愤不平地说别太得意，早晚我会在数量上赶上你，甚至超过你，你就睁大双眼瞧着吧。

万喜良就笑，说她是痴人说梦，怎么可能，霍桑的书已经在世界的各个角落流行上百年了，而罗伯-格里耶的书也只不过有几十年的历史，版本少是自然的。显然这句话更加触怒了安静，她差不多好几天都没理他。

还是他给译林出版社的头头写了封信，为她求得了一本《嫉妒》，她才跟他和好。吃饭的时候，竟露出难得一见的笑容。他们现在已经不再去外边就餐了，就吃护工用托盘给他们送来的饭菜，虽然没什么味道，但是总算饿不着。

他们已经不怎么在意这些了，吃喝早退居到第二位，而占首位的是藏书，他们藏书的劲头越来越大，几乎到了欲壑难填的地步，以至于发展到把一些喜欢藏书的同道招呼来，在病房里互通有无，公平交易，这么一来，他们的藏品丰富了许多，柜橱里早已搁不下了。

护士长对他们的所作所为睁一只眼闭一只眼，采取放任自流的态度，因为她一看到他们新拍的 X 光片就不忍心再说他们什么了。

32

苏青就是他们在交换藏书的时候结识的。其实，她并不真的叫苏青，只是因为她跟作家苏青一样，结婚十年之后又离婚了，所以才这么叫她。

安静对万喜良说苏青一定是个孤独的人，因为孤独这东西总是写在脸上的，无法加以掩盖。

苏青在一家有名的眼镜店当配镜师。

有的人可能一辈子都沉浸在寂寞中，默默无语，可一旦遇见一个对脾气的人，会忽然间性情大变，跟原来判若两人，苏青就是这样。

她从看到万喜良的那一刻，短短的几句对话，就令她的眼前一亮，仿佛突然被燧石的火星点燃。

从此她就频繁地作礼节性的拜访，他们喝着咖啡，一起探讨霍桑及霍桑同时代的作家们，偶尔还会带来她的珍品藏书，跟他共同分享，那是上上个世纪末出的英文版的《七个尖角顶的房子》，内有考究的蚀刻版画插图，还有石榴色的精装封套，特迷人。很多时候，新英格兰小镇、印第安人和犹太琴是他们谈论的主要内容。

而这时候的安静就被孤零零地丢在被爱情遗忘的角落，完全插不进去话，只能做一个旁观者。

苏青谈得开心的时候，总是要对万喜良说，认识你真是太好了，你是我在这个世界上唯一的一个知心朋友。

安静开始警觉起来，每次苏青一来，她就仿佛看见了一只蝙蝠从阳台上敞开的门飞进来似的，皱着眉，从表情上看，她恨不得把她用扫帚轰出去。不幸的是，万喜良居然对此一无所知，太麻痹大意了，太轻敌了,傻乎乎的他依旧双手抱着自己的两个膝盖晃着膀子跟苏青侃个没完,他压根儿没注意到在这个房间的某一处有一道幽怨的目光在盯着他,像追光灯。从此,他跟她之间所有的一切都不对了。

首先,安静单方面取消了例行的吻礼,以及其他的谈情说爱的小玩意儿,万喜良本来就是个缺乏批评与自我批评精神的人,他还蒙在鼓里呢。

他只要一靠近她,她就将他推开,还严肃地说请你别碰我,我最讨厌这一套。

万喜良说我哪里是在碰你,我是在碰我自己哪。

安静就骂他无赖。万喜良辩驳道,我记得是你说的我们是一个整体,你中有我,我中有你,你难道忘了?

安静说我不记得了,怕是某人自作多情了吧。在以后的几天里,她说话总是这么阴阳怪气的,一旦万喜良胆敢来犯,她就马上让自己进入一级战备状态,准备反击。

这叫万喜良非常郁闷,终于有一天,他实在沉不住气了,一边冲她作揖一边讨饶,我到底是怎么得罪你了,请你说出来,即便是让我死也得死个明白呀。

安静的脸上仍然罩着一层雾,满是阴霾。自己去想,去反省一下,干吗来问我,她说。

直到有这么一天的下午,苏青在跟他聊天的时候,突然问了一句,那个住在隔壁的女孩跟你是什么关系?

万喜良告诉她,那是他的女朋友。苏青说难怪,她每次见到我都是那么紧张,那么不高兴哪。

万喜良问道,我们有什么不对吗?

我们冷落了她,苏青说。

这时候,万喜良才恍然大悟,只是,他做梦都没有想到,这么开朗的安静竟也会嫉妒。

你才知道，人家毕竟是女人嘛，不能脱俗，安静故意用一把檀香折扇遮着脸惺惺作态地说。那是在苏青走了以后，只剩下他们两个的时候说的。万喜良咬了咬嘴唇，他为难了，不知如何是好，他说虽然你是女人，可是在我印象里你不是个一般的女人。安静振振有辞地说殊不知，做一个一般的女人要远比做一个不一般的女人更有滋味，更加真实，这一点是我在认识你之后才领悟到的。

万喜良挠挠头皮，像是在迷宫里迷了路而不得不跟人家打听一下似的问道，那么，我该怎么办呢，你说？

安静轻声叹了一口气，起身站起来，冷冷地说了句干吗要我说，你该怎么办，自己琢磨去吧。然后，走开了，丢下万喜良一个人在那里嘬牙花子。

33

不知为什么，冷静下来的万喜良却又隐隐地感到一丝甜蜜，别人的嫉妒在他看来是情感的黑洞，而安静呢，则是爱意的标本，起码说明他在她心目中的地位。想到这点，那种甜蜜的感觉便荡漾开来，犹如涟漪。只是，苏青再来跟他攀谈，他仍旧想不出用什么态度来对待苏青才好，坦率地说他很喜欢苏青，但并不爱她。

安静说苏青跟你正相反，她很爱你，却并不怎么喜欢你，所以你们挺般配。这话怎么听怎么是酸溜溜的。不过，未必一点儿心理学价值都没有。他琢磨来琢磨去，琢磨出一个结论，就是苏青太寂寞了，她缺少的是一个或几个志趣相投的知己。什么事，只要有了结论就好办了。

以后再来谈论霍桑的时候就不止是苏青一个了，万喜良约了三四个霍桑迷一块来谈，有男有女，尽可以畅所欲言，很像一个读书俱乐部或是艺术沙龙什么的。

万喜良对每个人都热情洋溢，来的都是客，冷落了谁也不合适，就像鸟笼里的那只不停地扇动翅膀和不停地摇晃尾巴以便在横竿上保持平衡的八哥。起初，苏青除了万喜良，几乎是凡人不理，拒人千里之外，万喜良问她为什么，她说还是我们俩单独在一起好些，更自在一点儿。万喜良说这些霍桑迷都是有些见地的家伙，并非等闲之辈。她对此持怀疑态度，可是过不久她就发现万喜良确实没骗她，那些人真的很有趣，她开始放松下来，很快就与广大的人民群众打成了一片，也健谈了许多。这时候的万喜良才松了一口气，知道自己的阴谋诡计终于得逞了。

安静的脸不再像几天前那样阴云密布了，而是雨过天晴，万里无云，全是好天气了。

万喜良的这些朋友一来，她甚至比万喜良还热情，热情得都有点儿过了，又沏茶又倒水，忙得跟阿庆嫂似的，安排照应更周详，只有客人走了之后，她才将疲惫的身子往床上一躺，解开鞋带，让鞋子自己掉在地上，连脱下来的力气都没有了。

不久，苏青突然来得不那么勤了，有时候，连续好几周都见不到她的影子，一打听，才知道，她跟霍桑迷中的一个好上了，进度神速，已发展到了谈婚论嫁的程度。听了这个消息，安静高兴地扑到了他的怀里，好一通啃，这是他们怄气以来的第一次的亲密接触。万喜良仰天长叹一声，紧紧地搂着她，用力拍拍她的背。

34

已经很久没见苏青了，安静说。是啊，已经很久了，万喜良应承了一句。苏青老来的时候，安静烦人家，现在人家不来了，她又惦记人家。要说也是，苏青就仿佛石沉大海一样，一点儿消息都没有，安静不知道万喜良怎样，她的心里却有那么一丝空落落的感觉，尽管她曾经是那样的讨厌她。有时候她觉得病房里太冷漠了，冷漠得难以忍受，幸亏还有救护车的长笛声打破了沉寂。

苏青真是经不住念叨，转天早早地就来了，跟她的新婚丈夫。她的新婚丈夫也是个霍桑迷，所以大家都认识。他比苏青还小两岁呢，可是看上去比苏青显老，一脑门子的拼音字母。苏青请安静他们吃喜糖，安静也送了苏青纱巾什么的，算是一份贺礼。大家全都是兴高采烈的，每个人的脸上都洋溢着革命的乐观主义精神。

看到苏青有了归宿，万喜良感到由衷的喜悦，尽管他没怎么说话，表情却是阳光明媚。安静一边跟苏青他们寒暄，一边老是偷着瞅万喜良，这让万喜良很是奇怪。

苏青他们告辞以后，安静和万喜良坐下来，彼此相对一笑，都有一种如释重负之感，不管怎么说，这确实是个不错的结局，皆大欢喜，很有喜剧色彩。

你是不是有那么一点儿失落？安静问道。我有什么可失落的，高兴还来不及呢，万喜良说。你没说实话，安静说。我说的句句是实话，万喜良说。反正，我要是你，我会有一种异样的感觉，安静说。幸好你不是我，万喜良说。凭心而论，你对苏青真的没动过心吗？安静步步紧逼，穷追不舍。万喜良特真诚地回答道，抛却自己目前的身体状况不说，就是在心理上我也接受不了她。

安静一个劲儿地追问，为什么，难道她不够漂亮吗？万喜良摇摇头说，问题不是出在她身上，而是出在我身上。你有啥问题？安静眨巴眨巴眼睛。我的问题就是因为我的心胸狭窄，容不下第二个人，万喜良说。也就是说，在你的心里只有我一个了？安静得意地问。万喜良说，差不多吧，就是这么回事。他看到她笑了。

行了，安静拍拍他的肩膀说，你审查通过了。万喜良使劲儿推了她一把，好啊，你是在考验我。安静说不错，你要是审查通不过，我非叫你坐老虎凳不可。

万喜良倒吸了一口凉气。女人总是在两性问题上，才能充分发挥出她们的聪明才智，就是智商再低的女人也不例外。好像是天性，是特异功能，不服不行。见他沉默不语，安静靠近他，轻轻地拍拍他的手，问他是不是怪她太自私了。他说是。她又说你别责难我了，你知道我是因为爱你才这样的。他说我知道你爱我，只是你不知道我也爱你。

谁说我不知道来着，安静狡辩道。万喜良说既然知道，干吗还要吃醋？安静说吃醋只是一种本能而已，属于条件反射，是不以人的意志为转移的。

万喜良说我们的时间不多了，你居然还有工夫吃醋，太奢侈了吧。安静趴在他的背上，双手围绕着他的脖子，撒了半天的娇，一个劲儿说我知道我错了，下次再也不敢了。万喜良仍然深沉着，安静一边胳肢他，一边逗他笑一下，给我笑一下。他终于绷不住了，扑哧一声笑了起来。所有的不愉快就这样被赶跑了，所有的不愉快的记忆也同时被赶跑了。

他出去买了些桃，因为她想吃，他也想吃，他们就脱掉鞋，盘腿坐在床上吃，七月的骄阳从窗外照进来，把挂在他们嘴角上的桃汁映得特别晶莹。这时候，安静突然想起，要给那个山西来的患病女孩送几个桃过去，万喜良自告奋勇，颠颠地去了。

万喜良对那女孩说这是安静阿姨送给她的桃。女孩歪着脑袋问道安静阿姨为什么不自己送过来呢？万喜良说安静阿姨吃桃吃得太多了，撑着了。女孩用狐疑的目光打量了他一下，说你骗我，安静阿姨是不是病重了？万喜良说不是，安静阿姨现在早晨起来还可以跳绳呢。女孩就是不信，把枕头戳起来靠着，身上紧紧地裹着一条被单，看得出，她已经很虚弱了。没办法，万喜良只好又回去把安静叫过来，要女孩验明正身，以便放心，女孩一看见安静就问，叔叔说你还可以天天跳绳，是真的吗？安静说是真的。女孩撅着嘴巴说，可惜我已经跳不动了,也许我快要死了。安静将她抱在怀里,安慰她说你不会死的,你还小,还能活好久好久。

从女孩那里出来,安静特别的伤感,眼圈都红了。万喜良想方设法地要她高兴,跟她听派翠西亚·凯丝,跟她聊贝克特的《等待戈多》,还用面包圈、果酱和咖啡款待她。万喜良说,别寻烦恼了,我们只要快乐。安静苦笑了一下,说用不着担心,我现在真是再快乐没有了。

万喜良实在想不出什么哄她开心的招数,就只好抚摸着她的头,给她一点儿柔情。安静问他,你真的从来不想出去跟那些男病号一起下下棋、聊聊天什么的?他说是。她又问他整天陪着她,他会不会腻?他说不会。

你其实蛮可以自己出去溜达溜达,甚至可以泡泡吧什么的,毕竟你的病情比我要轻得多,安静说。

既然你这么说,那么好,我就自由活动一下子,万喜良起身就往外走,安静却一把将他的腰揽住,像一根葛藤。她撒娇说我不让你走。

万喜良返身将她抱起来,转了一圈,说我本来就没想要走。安静紧紧偎着他,让他接着转,赖着就是不肯下来,不一会儿的工夫,他便转得晕头转向了,喘着粗气说,求你放我一马吧,我经受不了如此严峻的考验。安静说叫我下来可以,但是你要发誓,除了我,你再也不会抱着别的女人转圈了。他赶紧说我发誓,我向党向人民发誓。

35

苏青再次来医院造访是在她刚刚度过蜜月之后。现在的她已经完全没有了新婚燕尔的良好感觉,被黑眼圈包围着的双眼通红,一脸的颓废。

原来是她和她的丈夫吵架来着,吵了整整一宿,这是他们结为夫妻以来第一次的世界大战。

起因其实不过是一些鸡毛蒜皮。

安静却说不可小视，要把对方的嚣张气焰扼杀在摇篮之中。

他们三个精心策划了半天，总算是琢磨出三套切实可行的方案来，要是照这个方案办，不把天下所有的爷们儿整治得尿了裤子才怪。

苏青在安静的鼓舞下，立刻又焕发出战斗热情，摩拳擦掌，跃跃欲试的样子。三个人当中，万喜良是表现得最为冷静的一个，趁苏青不注意，他咬着安静的耳朵说，你积极得有点儿过分了吧？安静说苏青要是能够首战告捷，以后日子就太平了。万喜良不解地问那又怎么样？安静说她日子太平了，也就不会跑来跟我争你了。

苏青告别的时候，满怀着必胜的信念，这一点，从她的眼睛里就可以看得出来。

临走，安静坚持要送她，而且送出去很远。再回来，却走不动了，还是万喜良用轮椅推回来的。

36

安静开始脱发了。好在首先发现这一动向的是万喜良。清早起来，他帮安静整理内务，瞧见她的枕头上有很多的头发，而且都是一缕一缕地掉下来的，这不是一件普通的事情，尤其是对安静来说，她的头发跟她的生命同等重要。他觉得脊背一阵冷颤，趁安静洗漱时，赶紧将头发收起来，藏衣兜里。他嘱咐自己要保守这个秘密，不让安静受到刺激，直到他们俩注定命终为止。等安静焕然一新地从卫生间出来，万喜良早已把脸上的表情调整到极度安闲状态，一边哼着歌，一边给她叠着毛巾被，把两个半球的人都加起来，恐怕也找不到他那样镇定自若的了。他想，他该去演戏，扮个皇上或驸马什么的，准行。

一个人做一件好事并不难，难的是一辈子做好事，不做坏事，保密工作也是如此。万喜良天天都把心提到了嗓子眼,高度紧张,唯恐东窗事发。万一安静在梳头的时候发现了自己已经开始脱发了怎么办,他想。干脆,由他给她梳头好了,这样,安全系数大一点儿。他第一次提出要伺候她梳头,她居然觉得特可笑,说你拿我当是谁呢,西太后?万喜良立马说你不是西太后,而我是李莲英。逗了半天,安静终于答应让他来给她梳头,万喜良总算松了一口气,赶紧打了个千,道了声"老祖宗恩典",心里却一个劲儿偷着乐。

梳头也是一门学问,万喜良真的操练起来才体会到这一点,一开始,他总是把安静弄得鬼哭狼嚎的,还坏了一把梳子,犀牛角的,安静心疼得不得了。没几天,他就熟练多了,训练有素似的,连安静都说他可以到美发厅去深造一下,成为一个像样的美发师也说不定哪。万喜良说我才不去那呢,逮谁伺候谁,在这多好,我是您老人家御用的……就这样,他居然瞒了她很久。他把她脱落的那些头发收集起来,捋顺了,井井有条地夹在一本大百科全书里,他不知道自己为什么这么做,可是,他就想这么做。

37

最近,安静输液的时候新添了个毛病,非得让万喜良给她举着液体瓶,在走廊上溜达。万喜良说你输完液再出去溜达不好吗?她执拗地说不好,就是不好。这是典型的安静式的语态,很独裁。

独裁起来的安静总是歪着个脑袋盯着你,黑白分明的一对眼珠滴溜溜地乱转,好像要在对方的五官之间找上一个能使她的拳头得到妥善安排的地方,为了息事宁人,万喜良只好服从,不过,略有微词,他说人家输液都愿意躺着,你为什么输液非要溜达着,咄咄怪事一件。

这种感觉特别好,安静说,人活着,不就是为了感觉而活着吗?溜达的时候,我总想象着这是漫步在大森林里一样,只有你和我,踩着厚厚的落叶,并肩而行,所以我溜达时老是闭着眼睛,谁跟我打招呼我也不理。

真够浪漫的,万喜良笑着说。

安静眨眨眼,说我就是要把浪漫进行到底。

38

这天,一群拿化验单的病友站在化验室门口聊天,聊天的主要话题是哪种死法最痛苦,其中一个体操教练说,得我们这种病的人最痛苦,明知道没救了,还抱着侥幸心理一天天苦熬,又打针又吃药,折腾一个够,末了,熬到骨瘦如柴,还是死。万喜良说此话差矣,你想,徒步走撒哈拉大沙漠的旅人迷了路,又断了水,最后活活被渴死,痛苦不痛苦?你再想,被风浪打翻了渔船在茫茫大海里漂流的水手,前不着村,后不着店,最后生生给饿死了,痛苦不痛苦?他这么一说,一下子打开了大伙儿的思路,这个说最痛苦的是坐老虎凳的烈士,那是疼死的;那个说最痛苦的是给日本鬼子卖苦力的中国劳工,那是累死的……经过一番热烈的讨论,得出的结论是:能得这种病是不幸中的大幸。那个体操教练瞧瞧这个又瞅瞅那个,苦着脸问道,要叫你们这么一说,我得了这种病还是拣了个天大的便宜啦?大伙儿一起说,对了,知足去吧。体操教练摇着头说谬论,纯属谬论。万喜良说我们这种人只有在谬论中活着,才能乐观一点儿,这可是我在战争中学来的战争,你琢磨透了,就无往而不胜了。这时候,站在一旁的一个龇牙咧嘴的病人插了一句话,说都病成这样了,你们居然还笑得出来。万喜良见他是张陌生面孔,就知道不是他们科的,问他你是哪儿的毛病?对方说浑身疼,鼻子也不通气,估计起码是病毒性感冒。万喜良说感个冒算什么病,喝二两烧酒,再吃上一碗毛式红烧肉,一觉过来,包好。对方说你说得轻巧,你是没感冒,你要是感冒你早躺炕上起不来了。万喜良说我们哥几个要是真的得的是感冒，非乐得屁颠屁颠的不可。对方又问道你们得的是什么病。万喜良的一个病友抢着回答晚期癌症。对方不大相信似的问了一句真的？万喜良说可不是真的。对方那人掉头就走，万喜良追在他后边问道，嘿，干吗去，你不化验了？那人说不了，跟你们一比，我真该回家吃毛式红烧肉去。万喜良的一个病友冲着他的背影说吃什么红烧肉去，这小子准是找地方偷着乐去了。

39

科里又来了个新病友，但是医生从不让他出门，他的家人竟把他绑在病床上，他就呼喊就吼叫就哭，人们这一辈子怕是也没听过那种痛心疾首的声音，声嘶力竭的那种，而且不分白天黑夜，以至于一科的病人都叫他吵得睡不了觉，晚上，万喜良和安静只好在自己耳朵眼里堵上卫生棉球，再拿被子蒙上脑袋，像鸵鸟。

几天下来，就闹得怨声载道，纷纷跑到护士长那里去提出抗议。护士长保持沉默，这大概是她的职业道德所要求的。不过，很快病友们就从别的渠道了解到，那是个得了癌症的疯子。疯子最大的特点就是，他的失控的大脑总是臆造出种种的恐怖故事来吓唬自己。他呼喊、吼叫和哭是他得到宽慰的一种方式，谁都无权阻止他这么做。

没多久，病友们又了解到，他以前不疯，是知道自己得了癌症之后疯的。他以前是个码头调度，很帅，帅得一塌糊涂，追他的女孩比天上的星星还要多，那时候，他可牛了，骄傲得不可一世，像驱赶苍蝇似的驱赶着追求他的那些女孩。当他知道自己得了癌症的时候，一下子就哭了，拿着他的诊断书哭了整整一夜，转天朋友们开车来送他去医院，才发现他已经疯了。先是又哭又笑，而后发展到光着屁股满大街裸奔。

他的朋友们说，真难以相信他的神经这么脆弱，在朋友的印象里，他挺汉子的。他的朋友们还说，他们码头上有一个姑娘，平时娇滴滴的，动不动就哭天抹泪的，外号叫林妹妹，后来得了白血病，得了病的她反而表现得异常坚强，跟疯了的这小子形成鲜明对照，临死，那姑娘也没流一滴眼泪，总是乐呵呵的。看来，真正的人性往往是在生离死别时才能暴露出来。

安静听了这些，一本正经地对万喜良说，我们可不能像他那样，就是死也要死得有尊严，说好了，从现在起，我们谁都不许当着别人的面流一滴眼泪。万喜良说放心吧，就是背地里我也不会掉一滴眼泪。安静撅着嘴巴说，这个我可保证不了。万喜良嘲笑她说，那你还充什么好汉。安静说我只在别人面前充充好汉，在你面前就没那个必要了。

40

山西的那个女孩死了。

是在夜里，睡着觉的时候死的。临死，她没说一句话，脑袋若有所思地垂着，仿佛正酣睡。她的生命就像一只飞过蓝天的小鸟一样，无痕。

万喜良和安静说好了不哭的，可是在与她的遗体告别的时候，还是流下了眼泪，眼泪犹如断了线的珠子，噼里啪啦地往下掉，打湿了衣襟。

那天晚上，他们谈了很久，万喜良问安静她临终会说些什么。安静说她会把一直埋藏在心底的话，尤其是平日不敢或不愿说的那些，干脆一股脑儿地倾诉出来，反正也要死了，用不着怕得罪谁了，我没必要再隐瞒什么了，怎么痛快怎么来，只有这样我才能获得我想获得的纯洁和宁静。

万喜良摇着头说,你太自私了,为了你的一时痛快,很可能让你的家人陷入尴尬境地。我临终时,我就把我周围所有的街坊邻居、亲朋好友、兄弟姐妹都夸个遍,夸得他们找不着北为止,让他们每个人都觉得自己是个圣人,心里舒服。他们会因此怀念你,会多方照顾你的家人,而且会说"人之将死,其言也善",这不是很好吗?

安静说你这么说违心不违心?

万喜良说道,既然说让人家高兴的话跟说让人家反感的话花的力气是一样的,那么,我宁愿选择让人家高兴而不选择让人家反感。

安静指责他说你太缺乏个性了。

万喜良一笑,默认了。

41

一天,安静突然惊叫起来,把万喜良吓了一跳,不知发生了什么。安静急扯白脸地说道你看你看,我的衣服都穿不下了,难道真的胖到这种地步了吗?万喜良心说你哪里是胖啊,分明是肿嘛。安静说都怪你把卫生间的镜子都涂上了油漆,弄得连我自己也不知道我现在的光辉形象是啥样的了。万喜良赶紧说你的形象挺好的,依然是沉鱼落雁闭月羞花。安静说去你的吧,净骗我。

整个一个下午,安静都在抖弄她的那些行头,并用怀旧的口吻给万喜良讲她的每件衣服的来历:这一件短裙是我在伦敦街头小店买的,当时在酒吧里喝了不少的黑果覆盆子酒,头重脚轻,眼花缭乱,可我还是一眼就看中了这条短裙,当机立断就买下了它,回国来朋友都说我穿上它很合适;还有这一件牛仔裤,是我在丹麦仨瓜俩枣就买到手的,卖货的是个彪形大汉,一脸的络腮胡子,臂膀上还刺了一幅萨达姆的头像,特凶神恶煞,顾客都害怕,躲着他,所以才让我拣了个便宜……万喜良发现,她在怀旧的时候就像一个诗人,把一些往日的陈谷子烂芝麻装点得诗情画意。他想笑，却没敢，他觉得这时候当个忠实听众是最为明智的。

幸好她没追究他把镜子涂上油漆这一重大责任事故，万喜良不禁暗自庆幸。

42

当死亡成为你的邻居的时候，死亡就没什么可怕的，你甚至可以随时跟它打个招呼或是做个鬼脸什么的。万喜良和安静便是如此。他们经常谈到死亡，谈起死亡来他们坦然得就像谈起头疼脑热或消化不良似的。他们离死亡太近了，许多病友昨天晚上还跟你一起下棋，为悔一步棋而与你争得脸红脖子粗呢，今天早上就死了。死人的事是经常发生的。他们早已经习惯了。

如果我死在你头里的话，我的死亡鉴定书就由你来签，签在家属一栏上，安静曾这样对万喜良说。

万喜良说假如要是我先死了呢？

安静说那么我就给你签，以一个妻子的身份。好，我们一言为定，万喜良说。两个人很正式地三击掌，以示郑重。击过掌之后，万喜良将安静搂到怀里，咬着她的耳朵小声说你真是我的好妻子。安静摇摇头说我可不是你的妻子。万喜良问不是妻子是什么？安静眨巴眨巴眼睛说我是你的老婆。万喜良捏住她的鼻子拧了一下，说那不是一样吗？安静说才不一样呢，老婆听起来要比妻子亲得多，妻子有点儿生分。万喜良说OK，以后我就叫你老婆好了。那你现在就叫一声，我听听，安静说。万喜良就叫了一声。安静让他再叫，他又叫一声，安静还要他叫，说她喜欢听他这么叫，他就一遍一遍地叫起来没完，安静也甜蜜地答应他。

他们只顾得高兴，完全忘记了他们是站在死亡的悬崖边上，随时会有跌下去的危险……

43

　　万喜良已经不敢伸懒腰了,尽管那是一件比较惬意的事。只要一伸懒腰,他的腿就抽筋,抽筋的感觉很像是被一颗子弹突然击中的感觉,身体不由自主地栽倒下去,只能抱着腿一个劲儿打滚,就像我们通常在绿茵场上看到的足球运动员抽筋的那个样子一模一样。

　　安静说抽筋一般有两种原因,一种是超负荷运动,比如足球运动员;一种是缺钙,比如你。她说这话的那种自信,没有十年八年的医学院的就学经历是做不出来的,然而,实际上她是没有这种经历的,万喜良知道这个,所以对她的诊断持怀疑态度。

　　因为缺钙才抽筋,你能肯定?万喜良虚乎着眼睛问道。当然能肯定,而且是百分之百地肯定,安静说。万喜良从她的脸上看到的表情是那种升华了的、理想化的、微妙的自我感觉良好,这种并不能打消他的疑虑,他想,还是找医生咨询一下为好,要相信科学,科学总归是第一生产力嘛,就说我们去问问"鸟语花香"好不好?

　　怎么,你不相信我?安静的两道娥眉倒竖起来,仿佛受到了莫大的侮辱似的。万喜良赶紧解释说,我不是不相信你,我只是想跟他讨个方子治治,要不,太难受了,一天抽好几次呢。

　　安静翻翻上眼皮,说讨什么干吗要找别人呀,找我不就得了。万喜良问道你有方子?安静说方子只有一个——补钙。万喜良问怎么补?安静说吃钙片。万喜良笑了起来,就这么简单?安静坚定地说就这么简单。万喜良迟疑了一下,说你不是跟我开玩笑吧?安静愤愤地说,你这人怎么这么多疑呀,尽管和我们正常人看到的是同样的星星,享受着同样的太阳的温暖,考虑问题却与众不同,行,既然你信"鸟语花香",那么就去问他好了。她这么一说,万喜良反倒不好意思去找医生了,还是安静硬拉着他到了医生办公室,结果医生的回答竟真的跟安静说的一模一样。

万喜良用十分景仰的目光凝望着她,由衷地说,了不起,了不起,想不到你这么博学。

安静扑哧一声笑了,说博学个屁,因为我最近也总抽筋,跑去问医生,医生这么告诉我的。

万喜良像只鹰似的抓住她的胳膊问道,你抽筋,为什么要瞒着我?

谁瞒你了,安静用撒娇的口吻说,人家是怕你为我担心嘛。万喜良没话了,万喜良就吃她这一套。

44

他们又开始出外散步。他们散步的主要原因是钙片没有起到应该起的作用,腿依然抽筋,甚至波及脚踝部位也跟着抽筋,这时候,他们才理解了生命在于运动的深刻含义。本来想跑步来着,可惜跑不动了,只能溜达溜达了。

现在,安静做一回伸展运动都喘,喘得就像刚跟泰森在拳击场上干了一仗似的。万喜良的身体状况稍好一点儿,做做伸展运动问题还不大,但是要想来一套俯卧撑什么的恐怕就不成了,做不了俩仨,便在地下爬不起来了。他叹一口气说,人老了,弦也调不准了。

安静明知他是自嘲,还是忍不住要调侃他几句,她问他高寿了?万喜良装模作样地将了将下巴颏说,高寿谈不上,反正我的青春小鸟一去回不来喽。

遗憾的是,他们不能走得太远,最远也只能在方圆一百米左右转悠。阳光下,他们的脸显得过于焦黄,那是长期不见阳光的人特有的脸。

更遗憾的是,他们也不能走得太快,仿佛像一对蜗牛,背上驮着重重的壳,一步一步地往前爬,而且还要万喜良紧紧地牵着安静的手,怕她摔了。

健康时,他们都有过背着行囊"在路上"的经历,走到哪里,累了,就搭一个帐篷住下,晚上在帐篷里可以打着手电读书写日记,不知从什么地方钻进来的萤火虫飞来飞去……那些都已成为逝去的梦,再想找回来也难了。安静告诉万喜良,有一次她和女伴差点儿叫毒蛇咬到,那是在居庸关迤西的长城脚下。万喜良也想告诉安静,他沿着黄河旅行的时候,曾有过一次艳遇,那个女孩是个记者,只是很快地就分了手,可是,犹豫了一下,他觉得还是不跟她说的好,免得落下什么后遗症,就把到了嗓子眼的话咽了下去。

总闷在屋子里,总不走道儿,就会有一种腿脚不听使唤的感觉,两条腿发软不说,还跌跌撞撞的,跟醉了酒似的无法平衡。脚下有一片片的槐花,是被风刮落的。如果是以前的话,万喜良可能会像小兵张嘎一样爬上树,使劲儿摇晃树梢,让槐花如雪片一般落下,落到安静的头上,享受一番恶作剧的快感,可惜,做不到了,他觉得他的韧带都已经萎缩了,两腿像两根打不了弯的木头棒子。

后来他们坐在喷泉边上歇歇脚,万喜良顺便给安静揉揉腿,因为安静的腿肚子总是哆嗦。

揉腿的时候他们觉得他们就像一对老夫老妻一样,在同一个屋檐下一起生活了一辈子,如今到了风烛残年,仍旧相互扶持着,坚持走完最后的路。

往回走,路过长廊的交叉口,他们停下来,这一头是妇产科,那一头是太平间,他们正好站在当中间。安静故意指着妇产科问这里是做什么的?万喜良说这里是生孩子的地方。安静又指着太平间问道那里呢?万喜良说是停死人的地方。安静接着问他生下的孩子必须要做的一件事是什么,你知道吗?万喜良说我当然知道,拍孩子屁股一下看他会不会哭。然后呢？安静问。然后称体重，万喜良答道。再然后呢？安静问。万喜良摇摇脑袋，不知道了。

安静说生下的孩子必须要做的一件事，其实就是从这里走向那里，走向那个叫太平间的地方，这就像月亮和星辰运动一样，是人类无法控制的。万喜良说你的话冷酷是冷酷了些，倒也有点儿道理。安静得意地说，我是谁呀，我就是真理的化身啊。

万喜良暗想，要这么说，我们俩就都走到太平间的门口了，随时准备着去敲那扇装有磨砂玻璃的门了。

安静说我知道你此时此刻想的是什么，我们能坦然地去想这个问题，就证明我们了不起，而且必须承认，我们去敲那扇门的时候，仍然能保持着这种坦然的态度，就更加了不起了。

在妇产科门口，他们发现若干黯然神伤的女孩，年龄都在十八九岁的样子。安静问万喜良她们得了什么病，这么伤心？万喜良说哪里是得了什么病啊，无非是偷吃禁果惹的祸呗。安静立即警惕地竖起眼眉，用公安局预审员的口吻问道，你怎么知道得这么清楚，是不是也让别的女孩如此伤心过？万喜良赶紧说天地良心，我可是从来没有过，我只是道听途说而已。幸好，安静没有深究，深深地叹了一口气说道，她们真可怜，只听说伊甸园风光无限，就擅自爬过墙头去领略一番。万喜良接着说她们想不到的是，伊甸园里也有陷阱，而且不只一个。

安静说她们来做人流，也不跟个人来，真出点儿事怎么办，即便不敢告诉父母，总该叫上个朋友陪着吧？万喜良说还不是为保护自己的隐私，闹出去就是一场绯闻。安静说岂止是绯闻，简直就是丑闻。

有一阵子他们都沉默不语了，仿佛体力透支太多，精疲力竭了。过了一会儿，安静咬牙切齿地说道，一碰到这种事的时候，才知道男人是多么可恶，倒霉的总是女人，男人却躲起来了。万喜良唯唯诺诺地说可不，谁说不是呀。他知道，这时候千万不能招惹她，他吃罪不起。

安静突然想起她的一个女友，她是她所有女友中最漂亮的一个。她的手提包里永远都忘不了带上安全套，假如有一天出门她忘记带了，她会惶惶不可终日，甚至会打个车跑回家去拿一趟，大概就是因为这个，风流得一塌糊涂的她，才不至于让男人搞大了肚子，到妇产科来听大夫护士的挖苦和训斥。在她的女友的心目里，安全套和唇膏、面霜成了随身必须要携带的三大法宝，缺一不可。

安静现在理解她了，可惜，晚了一点儿。那时侯，她可没少骂她，就在她去日本留学的前一天晚上，安静还骂过她。回想起这些，安静多少有一点儿脸红了。

回病房的时候，万喜良让她赶紧躺下，休息片刻。

安静说你也休息一会儿吧，看你一脑门子的汗。她想替他擦擦，却发现那汗竟是冷的。

万喜良就乖乖地躺下，躺在她的身边。

她让他枕着她的胳膊，这样可以舒服些。

45

这天早上，安静刚刚打开房门，就见万喜良跟鱼一样无声无息地游过来，手捧着一大束鲜花，出现在她面前。给，五十朵玫瑰，他说。

安静说假如你要给我一个惊喜的话，那么你的目的达到了。这样一个早晨，有这样一个男人，献上这么美丽的一束花，真是浪漫。

喜欢浪漫，是安静的特性之一。

万喜良吻了吻她的两腮，贴着她的耳朵说宝贝，突然有人给你献花，你不想知道为什么吗？安静抿着个嘴笑着摇摇头，不想知道。真的不想知道？万喜良问。她说她真不想知道。

这多少让万喜良有点儿失望，他起了个大早，颠颠地一个人跑到附近的花店去买花,容易吗,李萍倒是想陪着他来着,他没让。在他看来,今天是个特别的日子,是个他们俩都该纪念的日子。他很细心,连最小的细节都没放过,特意在大捧的红玫瑰中夹进了五朵黄玫瑰,如果安静足够细心的话,她应该注意到这一点,并有所醒悟,可惜,安静整个儿一麻木不仁,只顾闷头摆弄那花,先是把花插进花瓶里,然后又往花瓶里放些水什么的。

许是为给她提个醒,万喜良有意问她记得今天是几号吗。安静头也不抬地说,时间对我来说早已凝滞了,所以她根本不必去关注它。万喜良彻底绝望了,他又不想一字一句地告诉她今天是什么日子,对他们意味着什么,他不想说,说出来就没意思了。本来,他计划要好好庆祝一番的,现在看来,是没戏了。

安静似乎完全不去顾忌他的感受,一门心思只在玫瑰花上了,左看,右看,看也看不够。其实,万喜良没瞧见,背对着他,她的嘴角含着一丝坏笑。

46

你好像有什么心事?安静突然问了一句,她故意把问话压低到一种神秘的程度。不,没什么,万喜良说。安静双臂交叉抱在胸前说道那就高兴一点儿嘛。万喜良说我挺高兴的呀,尤其是看到你这么喜欢我的花。

在片刻的停顿之后,安静终于忍不住地笑了起来,几乎笑弯了腰,她说你这个傻瓜,我怎么可能会忘记今天是什么日子呢——今天正是我们相识的第五个月对不对?她欢快而甜蜜的声音中故意带了点儿嗲,有那么一股子俏皮劲儿。

万喜良像野兽一样噌地扑上去,张开血盆大口,要吞噬她似的吻着她,他说你胆敢捉弄我。她尖叫着躲闪着摇尾乞怜着,饶了我吧,我送你礼物来补偿还不成吗？她说。你会给我准备礼物？万喜良对此表示怀疑，他都被她捉弄怕了。

你看，这不是，安静从抽屉里拿出一叠贺卡，最上面的贺卡上画着一条潺潺的小溪，小溪上漂着一艘小纸船，安静在上边写了一首诗，诗里有这样的句子："在爱情的夜晚，命运已给我们摊开了最后一张王牌。"还有，"我被抬进坟墓，人们像往常那样生活，仅仅没有了我。"万喜良数了数，一共是五张，就问她怎么这么多，都是你昨天写的吗？安静说你在每一个我们相识的纪念日里，都送我一束玫瑰花，我的诗卡也不多不少是五张，每收到你一束花，我便写一首。

万喜良说你怎么早不拿出来？这些诗卡精致极了，安静的字又很纤巧，他喜欢。他只是不知道为什么她的字总是倾斜的，像一个个游动的小蝌蚪。安静说我拿出来，怕你笑我酸。万喜良说你本来就挺酸的嘛，不过，你酸起来也招人喜欢的。

不管怎么说，反正他们这个纪念日过得还是挺酸的。

安静说不知下个月我还能不能收得到你的玫瑰。万喜良拍了拍她的后脑勺说肯定能，上帝不会对我们这么不仁慈的。

47

接下来的日子里，他们生活的主要内容除了继续充实各自的私人图书馆之外，就是做好事，而且是没事找事的那种。万喜良说这样做死后可以给生者留下个念想。安静则说是为了以后能够上天堂。

一切都始于一个叫金钟的汉子的一番临终遗言。

金钟在他咽气之前的一个小时里跟他们历数了自己做过的种种坏事，他们劝他，坏事谁都做过，只要他能用做过的好事相抵就可以了，就死而无憾了。

这么一说，金钟反而号啕大哭起来，他说问题就在这儿，仔细想想,我这一辈子好像没做过什么好事,净干他妈的坏事来着,所以才病了,这是报应啊。他的话就像一记重拳一样砸在他们的心坎上,禁不住后脊梁沟直冒凉气。

那天,他们俩沉思默想了好久,竭力回想着自己在有生之年所做过的所有坏事,比如到老师那给谁打过小报告,背后传过谁的闲话,以及当众挖苦过谁,让谁下不来台……直到想得脑仁都疼了,才不再想。

就在那天,他们通过了一项决议草案,不管以前都做过了什么,从现在开始,他们要多做好事,做的好事足以抵得过他们所做过的一切坏事才行。

叫他们像雷锋那样雨夜送大娘显然不大实际。

他们只能做他们力所能及的事情。

例如,给希望工程捐个款呀,给孤儿院赠送些文具什么的,这些勾当他们没少干,而且基本上能够做到做了好事不留名。在他们做好事的鼎盛时期,一天甚至做上好几起。两个人较着劲儿呢,有那么一点儿比学赶帮的味道。

他们最大的一笔馈赠是给受龙卷风袭击的灾区。起初,他们计划是购买些生活必需品,比如被褥或是方便面之类,直接寄给难民。万喜良说他的救助对象主要是孩子,因为孩子是未来的希望。安静却说应该把东西给女人们,没有女人哪来的孩子?由此而产生了严重的分歧。

讨论了一天,仍是争执不下。

最后,还是决定把款捐出去,给谁不给谁由红十字会拿主意好了。这是不是办法的办法。谁叫他们的意见无法达成统一来着,而且是一票对一票,想搞个少数服从多数也不成。那些天,电视上天天报道灾区情况,他们天天看,看得人挺揪心的,龙卷风经过的地区犹如摧枯拉朽一般,真惨,让万喜良不由得想起一九七六年的唐山大地震。那时，他还小，但是他的父亲就是在那次天灾中遇难的。正因为他想到了这个，才决定，不去劳驾护士，而是由自己亲自到邮局去汇款。

汇款的时候，他碰见了一件意外的事，一男一女在邮局门口打起来了，男的人高马大，挺庞然，女的则小巧玲珑，特袖珍，显然这是一场一边倒的战争，女的一边哭一边任凭男人的拳头雨点般落下，她唯一能做的动作就是抱着脑袋，掩护住要害部位。万喜良本来是可以不管的，旁边有许多围观者便没有管嘛，可是，他又想，遇见打人的人，阻止他，算不算是做好事呢，路见不平，拔刀相助，应该算是好事吧。于是，他决定挺身而出劝一下，那汉子却一把将他推开，万喜良不禁怒从心头起，恶自胆边生，一脚踹过去，那汉子没提防一个趔趄就摔在那了，半天爬不起来，围观者齐声给他叫好，这让他有了一种很梁山很水浒的感觉。这时候，没想到的是挨打的那个女人却突然扑了上来，揪着他的衣袖子不依不饶，质问他凭什么行凶。万喜良傻眼了，用半是悲哀半是无奈的口吻说我可是为了帮你呀。那女的说用不着，他是我老公，平时不这样，偶尔喝点儿酒才打我两下，他一天到晚累累巴巴，打我两下就打我两下，没什么。万喜良无法解读这个女人的心路历程，所以他困惑，最后只好在女人的谩骂声和围观者的哄笑声中逃之夭夭。

回来，他跟安静忆苦思甜了半天，安静说我要跟你一起去就好了。你去有屁用，那是一对不可理喻的狗男女，万喜良愤愤地说。安静说我要是去了，一定好好地教训一下那个女的，告诉她该怎样维护一个女人应该维护的尊严。

万喜良悻悻地说今天算是好心办了坏事。安静说才不是呢，那个打老婆的男人见自己的老婆在关键时刻能够为自己挺身而出，指不定多感动呐，就会内疚，就会跟她重归于好，这岂不是好事一件吗，而且是一件天大的好事，你说呢？

我知道你这么说是安慰我，万喜良嘟囔了一句。安静说不是安慰,而是鼓励,不过,现在想想,我倒有点儿后怕了,要不是那个男的喝了点儿酒, 要不是他醉醺醺的, 他真清醒的话你未必是他的对手,当时你就不怕吗?

万喜良拍了拍胸脯说当时不怕, 怕的是在事后, 而且是越想越怕。我这人就是这样,遇事容易冲动,不管三七二十一,事后又喜欢琢磨,一琢磨就胆怯得不行,属于能惹不能搪的那种。

安静不禁咯咯地笑。

万喜良不知道她笑什么, 就用勘探队员在采集矿石标本时惯用的目光打量着安静,似乎是在问:有什么可笑的?

安静笑眯眯地说我发现,你这人有一个最大的优点,就是勇于解剖自己。

万喜良说那是,人贵在有自知之明嘛。

48

安静做化疗的频率越来越高。

万喜良发现,安静最显著的一个变化就是做完化疗以后,她不再强颜欢笑,给他讲些荤段子什么的开开心,而是改成唱歌了,唱的都是小野丽莎的香颂歌曲, 极偶然的也会唱上一段珍妮弗·洛佩兹的《Get Right》或凯莉·米洛的《Breathe》。唱歌的时候,安静连眼睛都睁不开,就闭着眼唱。

万喜良总是以问询的眼光看着她, 奇怪她为什么突然变成超级女生了,但安静却无意满足他的好奇心。

这越发的让万喜良感到忐忑,他叫她枕在自己的腿上,尽可能地紧偎着她,温存地抚摩着她瑟缩的后背。安静强忍住呻吟,却无法抑制胸脯的抽搐起伏。

你是不是很疼?万喜良圆睁着双眼望着她问,迫不及待地想听她如何回答。

在万喜良的反复盘诘之下，终于有一天，安静忍不住告诉他，我疼极了，好像每个骨头节都楔了一根竹签子。她苦着脸用手捏了捏膝关节，纤细的手腕给人一种弱不禁风之感。万喜良说你为什么不早告诉我？他的这句话总的基调是鲜明的——那是一种愤怒的谴责。她撒娇似的说人家不是不太好意思嘛。说这话的时候她的眼神是迷惘的。

一碰见这样的眼神，万喜良就有点儿找不着北，他的怒气立马烟消云散了，只说了句告诉我，又有什么不好意思的。安静说你化疗回来从不叫苦，特坚强，我得向你学习呀。

你跟我比？万喜良来了情绪，说你知道我是谁吗，算卦的说我是个盖世奇才。安静扑哧一乐，说你知道我是谁吗，我是个巾帼英雄。两人对着吹了半天牛，万喜良做了暂停的手势，说得了，你也别硬撑着了，还是让我给你缓解一下疼痛吧。于是，他拿了一块湿毛巾为她冷敷起来。

49

一天，一个不速之客突然造访他，那是他中学时代的同学，外号叫松井，原因是常年留着一个日本胡。见了面，说了才几句话，就让万喜良毅然决然地做出一个决定，从此把松井的名字从他的朋友的名单上勾掉。

松井说他们班的班长要结婚了，他来送请柬，班长说了，谁不来都行，唯独万喜良不来是万万不行的。

万喜良跟班长的邦交始终处于非正常状态，在学校，班长就没少给他小鞋穿，所以，万喜良推辞道你看，不巧，我正在生病……

松井却说你别逗了，同学们都知道你是没病装病，要么是生意上磕了碰了不顺利了，要么就是坑了谁害了谁怕人家打击报复，才躲到医院里避避风头。

谁这么说的？万喜良气得直哆嗦，几乎到了怒火中烧的地步，真想给松井一个嘴巴，但是他没有这么做，他知道，松井只是班长的一条走狗，上学时就这样。听说，至今他还是在班长办的公司里当手下。

松井仍然嘻嘻笑着，还用谁说，地球人都知道。哪个人会莫名其妙地在医院里待这么久，既不见好转，又不见恶化？得了，哥们儿，咱们都是一起穿开裆裤长大的老同学了，谁跟谁也别装孙子了。说着，松井过来亲昵地搂住万喜良的脖子，别那么葛朗台了，今天你给人家随一份礼，其实就是放出一笔高利贷，将来人家会加倍偿还你的。

这时候，万喜良的脸色已经变成青铜器的颜色了，他突然冲着隔壁喊了一嗓子，安静，你过来一下。

安静过来以后，万喜良指着松井对她说这是我的老同学，而这位是——他给松井介绍说，这位是我的妻子。真对不起，我的老同学，我想放高利贷都没那个机会了，随出去的份子钱也只能是肉包子打狗了。

安静嗔怪地拿眼角瞟了他一眼，你看，你的老同学来，也不早告诉我，我连件衣裳都没换，多失礼呀。

用不着，又都不是外人。万喜良故作轻松地把松井的来意一五一十地告诉了安静，安静的脸色一下子就变了。

松井诧异地问道你结婚的时候，为什么不通知哥们儿几个一声，好让大家给你随份子呀？松井的思维逻辑是线性的，他似乎永远都无法理解怎么会有人结婚不收份子，太傻了，那以前他所随的份子钱不都付之东流了吗！

安静说我们不通知别人，只是觉得结婚是两个人的快乐节日，没必要让别人因破费而痛苦，我们不想把自己的快乐建立在别人的痛苦之上。

松井只好匆匆道别，连万喜良给他的份子钱都没收。临走，他丢下一句话,你知道班长为什么非要邀请你吗,因为他娶的是咱们学校的校花,听说早年你曾经给她递过条子。

安静调侃了万喜良一句,你还有这么一段风流韵事呢?

万喜良老实交代说是有这么一段,那时候年幼无知。

那么现在呢? 安静问。

现在成熟了,所以才紧紧围绕在你老人家周围,万喜良十分感慨地说,也算是上天对我不薄啊。

50

周铭是新来的, 来了没多久就闻名遐迩。因为周铭是个问题人物,而且不是一般的问题人物,医院上下都说,周铭是本院有史以来最特别的一个问题人物, 就连素有铁腕之称的护士长也拿他没办法,找他谈,不消几个回合就败下阵来。

周铭一天到晚最主要的功课就是虐待他的妻子, 仿佛他的病是由他的妻子传染给他似的。他的妻子只会两眼噙着泪,伏身在他的膝上,希望借此熄灭他心中无法遏制的怒火。

小媳妇太可怜了, 所有人都这么说。安静终于有一天看不下去了,她决定亲自出山,斗一斗这个周铭。万喜良想拦她,她却说你可不能当我的绊脚石,你要助我一臂之力才行。

在直接与周铭交锋之前, 安静先找了他的妻子——那是一个多么俊俏的女人啊,刚刚二十出头,天生丽质,就像一部才印出来的情歌集子中的一页。安静想策反她,叫她别再那么窝囊,哪里有压迫哪里就有反抗,那个小妻子只是一味地抽泣,噙不住的泪水,一大滴一大滴地从两颊流下来, 因为不愿让安静看到, 立刻用双手掩住面孔,嘴上却说我不能,我不能,我舍不得那样对他。安静尽可能地给她摆事实讲道理,告诉她做妻子的也可以对丈夫说不。可是,对方光摇头,看来,她爱周铭,尽管周铭的坏脾气坏到了极点,甚至坏到了罄竹难书的程度。

在周铭的妻子那里碰了钉子,安静不可避免地要跟周铭正面接触了,要知道,护士长和病友们都拭目以待,等着她胜利的消息呢。那天,安静特意服过药,把状态调整到最佳,才让万喜良陪着走进周铭的病房,周铭正在跟他的妻子咆哮,咆哮声打破了夏日午后的恬静,周铭嫌妻子给他倒的一杯水太烫,你是不是想烫死我呀,给我滚,滚得越远越好,他说。

安静一把抢过杯子,狠狠地摔在地下,你太不像话了,这么一杯冰镇的矿泉水你居然说烫?见过混账的,可没见过你这么混账的。周铭横眉立目地吼道我们家的事,你管不着,走开。安静吼得嗓门比他还大,说医院是个公共场所,除非你出院,否则谁都有权干涉你,因为你整天大喊大叫干扰破坏了我们的安定团结。

就这么你一句我一句吵吵半天,工夫不大,就吵吵累了,毕竟都是病人。几个人不再言语,坐着,将养生息,准备再战。这时候,一直观战的万喜良才发现,周铭其实是个挺帅的小伙子,假如他不病的话。跟他的妻子站在一起,也算得上是郎才女貌了。

歇得差不多了,周铭才问他们是何许人也。

安静说他们是这里的老病号了,论资历,是他周铭的资深前辈,论病历,也比他厚得多严重得多,是最有发言权的。周铭反倒雨过天晴了,详细地问起他们的病情来。安静也一一作答。周铭听罢,叹了一口气,我们都是等待着死神召见的人,可怜哪。

安静说可怜的不是你和我们,是你的妻子,她成天无微不至地照顾你,还要饱受你的欺侮和损害。周铭头也不抬地嘟囔了一句,你们以为我愿意这样,我也是被逼无奈。

谁逼你了?安静问道。万喜良也把手放在周铭的肩膀上捏了捏,希望他能把该讲的都讲出来,周铭因为妻子在场,动了动嘴唇没说什么。

　　周铭跟他们吐露真情是在三天以后，他的妻子去超市买东西的时候。本来想征服周铭的安静，反被周铭所征服了，这是万喜良没有料到的。

　　51

　　第一次他见到她的时候，一下子就被她有如含苞初放的美震住了，周铭这样形容他的妻子。那是在一个结交笔友的派对上，他们恰巧坐在面对面。

　　按习惯，周铭每发现一个有点儿感觉的女孩，最关注的就是她的手指，凡是戴婚戒的他一概退避三舍，这是他的原则。他觉得，跟一个已婚女人整出点儿花边新闻什么的特有损他的光辉形象。

　　那天，她偏巧就戴了一只结婚戒指，可是他还是动了心，经过激烈的思想斗争，他决意即便是抛头颅洒热血也要把这个精彩女孩追到手。追到手以后她才告诉他，她戴个婚戒不过是防身术的一种，以防无聊男人纠缠。因为她太漂亮了。

　　这么一来，让他长舒了一口气，起码他用不着跟人家决斗了。相识不到一周，他们就闪电式结婚，还搞了个盛大的仪式，在仪式上他对来宾说，造物主把她这样杰出的女孩派遣到人世间来，就是为主宰他的命运来的。这句话，叫她感动得热泪盈眶。

　　从结婚的那天起，他们夫妻便开始共同写爱情日记，把感情生活的种种感受记录下来，从喝什么浓度的咖啡到喜欢什么体位的做爱方式，事无巨细，以确保两人步调一致，永远处于平衡状态。

　　结婚三年了，在过去的一段时间里，他们一直保持着蜜月一般的热情，早晨出门和晚上进门照例要行吻礼，上班的时候只要有空隙就要通个电话，问问好或调调情什么的，偶尔其中一方出个差、加个班，另一方就简直受不了,惶惶不可终日,所以他们想尽一切办法也要待在一起,只要待在一起他们就有一种待在天堂里的感觉。至于两个人旷工,从单位溜出来幽会一阵也是常有的事……

周铭说起这些,似乎已经完全沉浸在往事的回忆中。安静问他,既然你如此醉心于你们的夫妻生活,为什么现在还百般地虐待她,你忍心吗?

周铭说正是因为爱她,我才这样对她。

安静说你这是哪一家的反动哲学,简直是一派胡言。安静差一点儿把她在泰戈尔的《沉船》里看来的一句话赠送给他,那句话是"一株横遭雷击的树就不配再在葱翠的丛林中占据一席之地",他就劝他的妻子在他病后远离他而去。

周铭说你们替她想一想,我们俩的感情这么好,水乳交融,一旦我死了,她还活得下去吗?即便是活下去,不是傻就是疯,这是肯定的。

安静和万喜良对视了一下,又对视了一下,真的替她想了想,她的结局确实不容乐观。

周铭说即便不是为了我,只为我那可怜的妻子,你们也该帮帮我。许是说话太多的缘故,肺活量加大,他一边喘一边不住地擦着额头上沁出的豆大的汗珠,样子很像是一辆爆了缸的吉普。恰巧周铭又是一家出租汽车公司的老板,身上有一股永远都抹不去的汽油味,连来苏水也掩盖不住他的这种味道。停了半晌,他又说就算我求你们了。

安静一听,差点儿跳起来,可惜,她身体虚弱得不允许她再做这么高强度的动作了。什么,让我们给你当帮凶,亏你想得出!她杀气腾腾,一副武装到牙齿的样子,万喜良想,假如她手中有一杆枪的话,保准会给周铭来个刺刀见红。

一直给安静做傧相的万喜良却没有她那么冲动,冷静地问道你打算叫我们怎么帮你？

安静马上警告万喜良，你真的想帮他，你还有没有是非观念？然后，又谆谆教诲道你千万不可助纣为虐呀，同志。

周铭仍然继续努力着，争取把他们俩拉到自己的阵营里来，我妻子天天偷着哭，我真担心，我还没死，她的眼睛就已经先瞎了，这么下去怎么得了。眼下只有一个办法能够救她，就是叫她恨我，离开我……这时候，她的妻子抱着刚买来的东西回来了，不言不语的，就像照相底片上的一个影子，躲藏在黑影里。周铭立马不说什么了，故意阴沉个脸，整个一阶级仇民族恨一齐涌上心头的表情。

万喜良硬把安静拖回自己的病房来，掩好门，没等安静开口，他就抢着说我们先把各自的药服了再说。安静跟他赌气，不理他，他又说我们只有完善自我，才能去拯救社会，就目前而论，服药就是完善自我的一种方式。

服完药，万喜良听凭安静大发一通牢骚，他不烦，他一点儿都不烦，他把她的牢骚当做百灵鸟的鸣啭，抑扬顿挫，韵味十足。八哥的修养就差了档次，一个劲儿地插嘴，安静就呵斥它道你给我住口，它才消停。直到她说腻了，他才和颜悦色地说我觉得我们得帮他一把，这似乎没什么错，周铭跟我们一样，已经病入膏肓不可救药了，也就罢了，可是周铭的妻子呢，不该替她想想吗，她还有好长的一段路要走哪。安静翻翻白眼，问他要怎么帮周铭的妻子。万喜良说只要按周铭的既定方针办就可以了。

万喜良知道，接下来安静肯定又要一阵聒噪，不过，他有足够的耐心，等她嚷嚷够了，他才像个随时能从帽子里变出什么东西的魔术师一样，慢条斯理地开口了，以安抚为主，以开导为辅，要多温柔有多温柔，因为，安静就吃这一套。只是，很遗憾，今天他的嘴皮子都快磨破了，也没能收到预期的效果。叫安静改变主意的倒是周铭的妻子。那天，她意外地看见她躲在电梯间里面哭，哭得伤心极了，令人怦然心动，安静不禁想了想，她要这么哭下去，真的可能把眼睛哭瞎的，不行，一定要帮她彻底解脱才好，不然，后果不堪设想。所以，她见到万喜良说的第一句话就是我答应跟周铭同流合污了。万喜良好奇地问她的脑袋怎么突然开窍了。她没说，她想打死我也不说，你就纳闷去吧。

不过，这并不意味着答应了跟周铭同流合污的安静就真的会那么死心塌地，她时常会问万喜良，要是护士长问起我跟周铭谈出结果来没有，我怎么说？万喜良说你只需耸耸肩膀就可以了，耸肩膀这个动作有无数个含义，它可以代表谈得还凑合，也可以代表谈得很不理想，随他们猜去吧。安静半信半疑地问这样就能过关吗？万喜良说绝对能。事实证明，安静的疑虑是多余的，护士长并没来问她什么，还用问吗？在安静与周铭谈过以后，情况不但没有丝毫的改观，反倒愈演愈烈，过去周铭闹起来只是动口，现在干脆动起手来，逮什么摔什么，茶杯水碗没一个囫囵个的。再加上万喜良和安静里应外合，他更加有恃无恐了。他的妻子整个一水深火热，一边伺候他，一边掩饰着她止不住颤抖的嘴唇黯然神伤。

安静恰好可以利用这时候乘虚而入，对周铭的妻子进行分化瓦解工作。

这是他们事先设计好的。安静随时抓机会去接近那个小妻子，她差不多把全世界所有的贬义词都拿来形容周铭，又动用了她库存的全部褒义词奉献给了那个小妻子，其阴险目的无非就是挑拨离间。

起初，周铭的妻子除了摇头，什么表情都没有。

安静便又添油加醋地讲了其他的男病人如何体贴他们妻子的感人故事，她说这样的男人才算男人呢。

周铭的妻子不再拒绝跟她平等对话，开始睁大眼睛聆听，并不时地问上一句，是真的吗？

很快，安静就不满足于单枪匹马地干了，她还广泛地发动群众，让大家都去为那个小妻子抱打不平，同时谴责周铭的暴戾统治，他们说我们都是病人，你看到了，我们是他那个样子吗？

虽然患病的是我们，但是比我们更痛苦的其实是病人家属。安静的这句话，感动得周铭的妻子扑到她的怀里，失声痛哭。

背地里，安静总问万喜良，我们这么做是不是太过分了？万喜良干巴巴地笑了一下，说良药苦口，不这么做又能怎么着，健康人毕竟比一个病人更要紧，只好丢卒保车了。

不久，他们发现那个小妻子渐渐地坚强起来，不再流眼泪了，虽然每天仍旧精心照料周铭，但显然只是在尽义务而已，尽一个妻子的义务。

周铭私下里对万喜良说他妻子看他的眼神已经变了，变得淡然了许多，尽管这是他所期待的，可是心里仍然不是滋味，他真想不再把这出残酷的戏继续演下去，坦诚地告诉自己的妻子，自己是多么的爱她。

万喜良问他，你真打算这么做吗？不，周铭说，我要真那么做了，岂不前功尽弃了吗，我只能变本加厉。万喜良拍拍他的后背，哥们儿，难为你了。周铭从枕头底下掏出一支雪茄和一个和平鸽形状的打火机，让了让，看万喜良摇头，就自己点上。万喜良看得出他的手在神经质地哆嗦着，但很快就被喷出的烟雾所笼罩。

同样心里不是滋味的还有安静，她整天撅着个嘴巴，好似一只郁郁寡欢的猫。

万喜良说你的阴谋诡计既然已经得逞，还有什么不开心的呢？安静把脑袋埋在被褥下面，跟鸵鸟差不多，执拗地说我也不知道我为什么不开心，可是我就是不开心，你能把我怎么着吧！

她现在是易燃易爆品，小心为好，万喜良告诫自己。他搓着两手哄她说要不要我给你唱首歌？安静说不听不听。他又把双手的指尖并在一起，搭成一个小帐篷，我给你跳个舞怎么样？安静依然不耐烦地说不看不看。他低着头想了想，不然，我来表演一段时装秀吧？安静突然一骨碌爬起来,看时装秀可以,但是要看裸体的。万喜良说裸着身子溜达来溜达去,那能叫时装秀吗?

安静笑了,安静终于笑了,想不到你也会脸红,她说。万喜良搔了搔后脑勺,掩饰道我脸红了吗,不大可能吧,也许是光合作用。安静笑得更欢了,害什么臊啊,裸着身子溜达来溜达去的你,我又不是没见过,她说,无非就是有一个像火鸡脖子一样的东西,哦,对了,还有一对火鸡的砂囊。说完,吐了一下舌头。

万喜良问道我跟火鸡有什么关系?安静把鞋脱掉,光着脚丫在地面上走来走去,她说这话不是我说的,是从西尔维娅·普拉斯写的《钟形罩》里读来的,她就是这么来形容男性生殖器的。万喜良扬了扬胳膊,威胁道找抽是不是?

安静本能地缩了缩脖子,可是嘴上仍是不屈不挠,她说你敢。看我敢不敢,万喜良想将她的双臂揽到身后,给她来个"文化大革命"时最流行的斗人的姿势:飞机式,又怕她的骨头太娇嫩,受不了,只得作罢。

不管怎么样,万喜良的目的是达到了,他总算把安静给哄乐了,使她暂时忘掉了周铭和周铭的妻子。他们正谈笑着,猛然间,走廊上有人喊医生查房了,安静赶紧跳上床,拉过被单盖上,同时,自觉地将体温计夹在腋下,最近,她持续发烧,是医生关注的焦点。医生因为她的自由散漫已经警告她好几次了。

结果,医生却没来,这让安静十分的扫兴,白装了。她又掀开被单,下了地,把门打开一条缝,像特务似的探头探脑。万喜良叫她把鞋穿上,免得着凉。安静说要我穿鞋可以,你得侦察一下,瞧瞧医生都到谁的病房去了。万喜良趁机跟她讨价还价,你穿上鞋我才去。安静只好妥协了,好的好的,我穿上就是了,你去吧。万喜良一个病房一个病房地巡视了一番,最后发现医生们都集中在周铭那里。

52

周铭的病是突然间恶化的,医生和护士围着他忙活了一天一夜,早晨起来,李萍告诉万喜良说,抢救无效,周铭死了。据说,在周铭临死前的最后十几分钟,他单独跟妻子待了一阵子,至于待在一起做了什么,至少有两个版本在病友当中流传,一个是说他光一个劲儿地哭,什么话也没说;另一个是说他一边哭,一边求他妻子宽恕他,等等等等。以上两个版本,万喜良一个都不信。

周铭被推到太平间去的时候,周铭的妻子哭得别提多厉害了,简直是撕心裂肺一般,这是一种压抑在心灵深处太久了的悲伤的总爆发,一泻千里。

后来,周铭的妻子告诉安静,周铭临死对她说,他从来就没爱过她,他爱的是别人,他爱的那个人虽然嫁给了别人,却一直跟他有来往。周铭的妻子说这些话时浑身打颤,颤得像发疟疾一样,我是那样的爱他,疼他,甚至崇拜他,做梦也没想到他竟然骗我,背叛我,她说。

那天,万喜良把自己关在病房里,一直没出去,一种仿佛刺痒的感觉扎着他的心,使他喘不上气来。他把头抵在窗玻璃上,窗玻璃上正好趴着一只壁虎,壁虎蠕动的时候会发出轻微的动静,就像夜风吹过树林的那种沙沙声。他故意用额头撞了撞窗,受了惊吓的壁虎立马就跑了,在玻璃上留下一溜淡黄的滑痕。不知为什么,他特别想哭,也许是为那只壁虎,也许不是,反正他就是想哭。

不过,随着时间的推移,关于周铭的记忆,开始淡化了,这很像老的电影胶片,越来越不清晰,有些地方干脆断掉,找也找不着了。要不是偶尔有人突然提起周铭的妻子,说是在什么地方碰见了她,恐怕那记忆永远都会封存在大脑皮层的某个角落,无从查找了。

人说,周铭的妻子打扮得像个白雪公主一样,绝对够得上是个绝代佳人。在医院里,她忙着伺候周铭,总是蓬头垢面的,又因为睡眠不足,眼圈老是黑的。现在不同了,可漂亮了,可苗条了,甚至可年轻了。安静问那个碰见周铭妻子的人,除了这些表面现象,她生活得怎么样了?那人说不知道,他没敢跟她打招呼,因为她的胳膊上还挎着一个男人呢,一看就晓得,两人的关系非同一般,不是藤缠树就是树缠藤的关系……

人怎么可以如此薄情,周铭的尸骨未寒,她就开始另觅新欢了,安静说。听说周铭的妻子还活着,而且活得挺滋润,她本来应该是欣慰的,可事实上心里非但一点儿喜悦的涟漪都没有,有的却是恼火。

当初我们的目的,不就是为了在周铭死后,他妻子还能继续活下去吗?万喜良说。

要她活下去,可没让她活得这么轻佻,早知她是一个妖冶的女人,我就不该煞费苦心地去演那出闹剧了,安静几乎有一点儿气急败坏了。

万喜良把她拉进自己的怀里,也许这正是周铭所期待的,期待她有新的开始,他说。无疑,周铭是真的爱他妻子,真的爱,真的爱,真的爱……他每说完一个"真的爱",就吻一下安静。这时候的安静也小鸟依人似的依偎着他,任他抚摸她的额头、嘴唇、锁骨窝和胸乳,以及他认为属于他的一切。半天,她才说了一句,可能你是对的。万喜良感慨万分地说在这个世界上,恐怕没有哪一对情侣比他们更幸运的了,你说呢?安静说是啊,我们可以同年同月同日死,手牵着手一起走向天堂或地狱,起码不会把我们当中的一个孤零零地丢下,苦苦地用回忆来打发残生。

从那天起,他们似乎又亲密了许多,像度蜜月一样的形影不离。变化最大的是安静,她再没跟万喜良发生过什么冲突,尽管她一贯是个好战主义分子。在安静的词典里,她把人类一般分成两种类型:以爱她和不爱她为界限,就这么简单。前者无疑是具有高度审美能力的人,而后者则是白痴。万喜良是唯一的一个既爱她又被她爱的人,自然属于至高无上的那种了，所以，无论万喜良说什么，她都言听计从，很有一点儿夫唱妇随的意思。万喜良纳闷地问她你怎么突然变得这样乖了？这样不好吗，安静说。万喜良说不是不好，而是不大习惯。安静说别着急，慢慢就会习惯了。

他们一味地沉浸在二人世界里难以自拔，根本不去理会外面的世界发生了什么。

过了很长一段时间，他们才发觉每天来查房的白大褂人群中突然少了一个人，那个人就是主任。主任常年戴着一副眼镜，不过，那眼镜不是戴在鼻梁的上面，而是戴在胸前，用一根金属链吊着，荡来荡去，万喜良总怀疑主任错把近视眼镜当望远镜使了。万喜良之所以可以发觉查房的行列里缺了主任，恰恰是少了那副耷拉在胸前的眼镜提醒了他。他跟李萍打探消息，李萍却吞吞吐吐地不肯说，还是他软磨硬泡了半天，她才勉强告诉他，说有人揭发主任利用工作之便接受贿赂。万喜良问她接受谁的贿赂，谁会贿赂他呀？李萍说当然是药商了，据说，主任的女儿去加拿大读书，用的就是这笔钱。万喜良问药商贿赂他，目的何在？李萍说你住院住傻了，药商贿赂的目的还不是为了推销他们的药。究竟主任接受没接受贿赂呢，万喜良问道。李萍说不知道，这不正审查着吗。谁揭发的呢？他问。李萍悄悄地说好像是"鸟语花香"。过了半个多月，主任又现身了，还跟从前一样，眼镜在他胸前荡来荡去的。没两天，主任找安静谈话，说以后安静的主治医生换成他了。安静问"鸟语花香"呢？主任说调走了。至于其中的内幕，他们俩琢磨了许久，也没琢磨出个结果来，只好用一句话来了结：看来，医院也不是一片净土啊！

有一天，主任拿着平易近人的派头问安静，跟"鸟语花香"相比，她认为谁的治疗方案更好一些。安静耸耸鼻子说都差不多。那么为人呢？主任问道。安静说你们俩我都不大喜欢，忒俗。这样的回答显然出乎主任的意料之外，他愣了一下，俗在哪里？他问。安静说俗就俗在追名逐利,蝇营狗苟。见主任的表情太尴尬,出于慈悲,她接着说要想超凡脱俗,成为一个大写的人,我可以给你开个偏方。你说说看,主任说。安静说你们不妨也得上一场大病,最好是不治之症,那样,你们的人生观和价值观就会有根本的改变,做到返璞归真也说不定。

安静说完就扬长而去。几天以后,主任跟万喜良提起这件事,很大度地说安静这姑娘真是顽皮,不过,我一点儿都不怪罪她。万喜良说安静确实很顽皮,但她实在没什么可怪罪的地方,她对你说的没错,从某种意义上讲,我们的思想比你们要健康得多。

显然,万喜良的话捅了他的肺管子,让他很不爽,以至于一个星期他都没跟他们讲话。

直到有一天早上,安静在主任查房的时候对他说想不到你这么心胸狭窄,一点儿批评与自我批评的精神都没有。心胸狭窄,你是说我?主任明知故问。安静说如果你不是心胸狭窄的话,不会见了我就阴沉着脸,一副仇人相见分外眼红的样子了。

主任打着哈哈说我怎么可能跟一个小姑娘较真呢。为了表明他的心胸并不狭窄,主任给她检查得格外仔细——摸了脉,试了表,还从护士手里拿过血压计亲自给她测了血压。等到主任一走,她就跑到万喜良那把这些当做笑话说给他听。万喜良说你根本用不着主动去跟他示好,巴结他干吗。安静说我不是巴结他,而是怜悯他,今天他站在我的面前,我无意间发现他的两鬓都已经斑白了,不知为什么,就想起我的父亲——我父亲的两鬓也已经斑白了,参加个重要活动什么的,都要染发。你想你父亲了?万喜良有些伤感地把安静的头揽在怀里,问了一句。安静点了点头。万喜良用一个深情的吻来安慰她,他说好了,别伤心了。谁说我伤心来着,安静说,我挺高兴的呀。

你高兴,你有什么可高兴?万喜良问她。她说我高兴我能死在我父亲的前头,要是让我眼睁睁地看着父亲先我而去,那才叫我伤心呢,你知道,父亲是最疼爱我的了,所以我爱父亲远胜于母亲。

万喜良说这时候的你,很像一个乖乖女。他发现他不仅爱她,还越来越欣赏她。

我才不乖呢,你知道我父亲给我的定义是什么吗,他说我是个愤怒的青年,安静说。

53

大学教授葛大叔是在夏天的最后一天死去的。这是一个季节的结束,又是一个季节的开始。病得久了,家人的心理天平也就倾斜了,一般来说,开始他们都期望病人早些痊愈,后来就变了,变得盼着病人快点儿死,以便都能逃出苦海,少受些折磨,所以葛大叔的两个儿子哭都没哭一声,匆匆就把他父亲推进了太平间,万喜良和安静一点儿也不觉得惊奇,值得惊奇的倒是两个儿子竟将父亲遣了半天词、造了半天句写就的遗嘱随随便便地丢在地下,看都不看一眼。万喜良和安静清楚地记得,葛大叔写这份遗嘱写得多么艰难,那时候,他的身体已经极度虚弱,鼻孔里还插着氧气管。

安静还特意提醒过葛大叔的两个儿子,喂,这里有一份给你们的遗嘱。两个儿子却只投来冷淡的一瞥。万喜良实在忍耐不住了,他拦住了他们的去路,难道读一读你们父亲写给你们的叮咛,都不肯吗?两个儿子当中的一个咕哝道读什么读,病了好几年了,家里的全部积蓄都换成药了,再没有什么值钱的家当了,有的也只能是些废话。

万喜良气坏了,安静怕他以野蛮的方式来解决问题,因为她发现他的脸色越来越像拳击场的选手,摩拳擦掌,随时都可能扑向对方,她赶紧把他拖走了。她知道,万喜良脾气还是原来那个脾气,身子骨却不是原来的那个身子骨了,他要是五大三粗的话,她早就让他去狠狠教训那两个猴崽子了。

见安静这么袒护自己,万喜良觉得更有耍耍威风的必要了,回到自己的病房，关上门，他凛然地说你要是不拦着我，他们哥俩今天就惨了。安静哄孩子似的连声说是。其实，万喜良和安静心里都明白，他远不是人家的对手，对付一个都够戗，更何况俩了。万喜良双手插在兜里，眉头紧皱，踱来踱去，一副壮志未酬的架势。安静不禁暗自窃笑起来，她知道所谓的男子汉大都是这德行，不过是虚张声势而已。她故意抚着他的胸脯，操着老式家庭妇女的腔调，说消消气，要是你气出个好歹的，我可怎么办呢。

这样，万喜良才勉强坐下来，攥着安静的手说看在你的面子上，我暂且饶了他们，哼！

看万喜良风平浪静了，安静一头倒在床上，用肢体摆了个"大"字，心事重重地盯着天花板，黑黑的眼睛仿佛蒙上一层雾气。太座，你在想什么呢？万喜良问她。安静说我在想我该不该也立个遗嘱。万喜良用手摸摸她的额头，你不是发烧说胡话吧，你离立遗嘱的时候还早着呢，等我们寿命倒计时再说。

到那时候就晚了，现在立下遗嘱，我还可以监督执行，我可不想落个跟葛大叔一样的下场，安静说。

万喜良说好吧，随你便。他忍了半天才没笑出声来，这么年轻就立遗嘱，听上去总觉得有点儿滑稽。

安静果真爬起来，端坐在桌前，开始起草她的这份重要文件。万喜良先是耐着性子站她身后看了一会儿，看她写的是什么，工夫不大就烦了，溜达出去，找地方下棋去了。傍晚的时候，安静跑来找他，说是遗嘱写完了，要念给他听听，以便他能提一些修改意见。

遗嘱

立嘱人：安静。在我行将告别尘世之际，谨将我的全部财产赠与部分亲朋好友留念，但愿他们会偶尔想起我来，特别是在我生日的那一天。

我的一对链形手镯给陈融融，她是我学生时代的闺房密友，一直对这只手镯情有独钟，她曾打算用她的一身潜水服跟我交换，我没答应，现在我决定叫她如愿以偿，只要她高兴就好，潜水服也让她自己留着吧，我用不着了。

我收藏的全部蝴蝶标本给汪霞，我们是高考前在图书馆复习功课时认识的。她特天真，我至今还记得有一回她神神秘秘地对我说的话，你知道吗，男孩和女孩最大的不同是什么？我问她是什么。她脸红了，吞吞吐吐了半天才回答，真是难以启齿，反正都是一些细节……后来，我就给她起了个外号叫"细节"。

我把我的所有唱片和酒都给雨果，他一生就酷爱音乐和酒精饮料，我了解他。他是我唯一的一个异性朋友，属于哥们儿的那种。你们可以在老钟表酒吧找到他。

我的那辆双缸摩托给张敬红，她是我所见过的最胆小的人了，怕蟑螂，怕猫咪，怕一个人待在黑屋子里……治疗胆小的好办法之一，就是骑摩托，骑着摩托穿行在大街小巷之间会骤然生发出一种大无畏的英雄气概，相信我，这是经验之谈。她的工作单位是阁楼照相馆，除周日外，其他时间她都在那儿。

其余的东西都给我的父母。我特别提醒母亲，我的日记和相簿都放在柜子最上边的抽屉里，它忠实地记录了我的成长历程，母亲要是想我，可以翻翻它们。我没有什么给父亲的，能给他的只有许多许多的吻，我还要告诉他，我永远永远都爱他。

遗嘱的最后是签名和年月日。安静念了一遍，用征询的目光望着万喜良，似乎是在问写得怎么样，及格吗？万喜良意犹未尽似的说就这么完了。是啊，安静说就这么完了。万喜良不吭声了，一脸的落寞。怎么啦，宝贝？安静问他。万喜良愤愤不平地说你的遗嘱里，谁都顾及到了，唯独没有我。安静眨巴眨巴眼，谁说没有你，这里将有一个极为重要的角色等着你呢。什么角色？万喜良问。安静说你猜猜。她越诡秘，万喜良就越想刨根问底，一番威逼利诱之后，她才告诉他，你来当我的遗嘱的见证人。

我还以为是什么呢,就这个?万喜良大为失望。

当然,我不会白让你做这个见证人,安静说。万喜良赶紧问,难道还要给我什么报偿不成?一点儿不错,安静说。万喜良说那就快告诉我,什么报偿?

你写遗嘱的时候,我也当你的见证人,安静笑嘻嘻地说,这样,咱们俩就扯平了,谁都不欠谁的。

54

仿佛平地一声雷,护士长突然有一天向他们庄严地宣布,他们屋里堆的书太多了,不整洁,必须限期整改,这是最后的通牒,没有任何讨价还价的余地。因为本周院里将举行大规模的卫生评比活动,下周局里要来一个检查团来检查,再下下周还有个坦桑尼亚学术访问团来访问。这让万喜良和安静像犯失眠症一样的魂不守舍,把书放回家,显然不现实;丢掉吧,又舍不得,简直是左右为难,幸好,护士长提出了一个临时性的折中方案,可以把书暂存在储藏室里,不过,不能超过两个月,两个月以后那里要派别的用场。

别无选择,只好听护士长的,把书放到了储藏室里。储藏室里散发着一股子很浓的防腐剂的味道,把油墨的香彻底湮没掉了,但是总比被护士长没收了强得多。

说来也怪,平时书摆在那儿,也想不起来读,一旦把它们弄走了,阅读的欲望却陡然强烈了起来。晚上,他们就踮着脚尖,溜到储藏室去,背靠着背读书。夜很静,一点点声音都显得格外清晰,他们必须小心谨慎才是,直到困得不行了,才放下书,回病房睡觉。

原来,床头是书,桌上是书,窗台和墙角也是书,突然被坚壁清野起来,病房里一下子显得空空荡荡的了,让他们很不习惯。

想到两个月的期限，连储藏室都不给他们用了，就有了紧迫感，就更加拼命地去读那些他们一直都下不了决心读的书，不惜加班加点。

读罢就丢纸篓里。

55

一天，一个平方面积和立方体积都很可观的妇人敲开了万喜良的门，他认识她，她是给这里做卫生、干杂务的临时工，他叫她范大妈。范大妈拎着一本书问他这个是你丢的吧？万喜良说是。挺好的东西丢了多可惜呀，范大妈咂着舌说。万喜良耸耸肩膀，读过的书，不丢掉又放哪儿，放病房，护士长嫌乱。范大妈挺不好意思地说以后，你读过的书都给我吧，我让我女儿读，她跟你一样，也是个书呆子。

万喜良说好啊。他第一次认真地打量她一眼，发现她跟所有的第三世界人民一样，很辛劳，很疲惫，手背上暴出很粗的血管。她显得特衰老，头发都白了，眼角也星罗棋布地布满了皱纹，但从她的脸上，万喜良还是依稀可以看出她青春年少时的丰姿绰约。

达成了这样一个协议之后，范大妈就经常地往万喜良这儿跑。一次，闲聊的时候，万喜良偶然得知，范大妈只不过才刚刚四十岁，比他大不了多少。这让他吃惊不小，他猜，她之所以过早地衰老，一定承受了太多的苦难，她一定是个有故事的女人。就是从这时候开始，他对她产生了浓厚的兴趣，还有好奇。

范大妈的故事就像一串紫色的挂着霜的葡萄诱惑着他，他只好去安静那里讨主意，乐于助人的安静真动了一番脑子，一会儿说声东击西比较好，一会儿又说引蛇出洞比较好，还有暗度陈仓什么的，几乎把三十六计都搬出来了，最后，万喜良认为一条切实可行的谋略也没有。

安静不想叫万喜良太失望，便求教于护士长。护士长觉得挺奇怪，怎么你对那个临时工感起兴趣来了？安静说感兴趣的不是我，是万喜良。护士长说万喜良也真是，他自己的心就够他操的了，还替人家操心。安静说没办法，他求知欲强。护士长告诉她，你们不是想知道那个临时工的故事吗，不用问谁，她自己就会说给你们听的。安静不信，那怎么可能？护士长反问了一句，那怎么不可能呢？祥林嫂你知道吧，只要你给她起个头，她就犹如滔滔江水绵绵不断地说个没完，她就是祥林嫂那样的一个人。

万喜良对护士长的这种说法持怀疑态度。安静说试试也无妨。那天，范大妈正拖地板，万喜良试探似的问了一句，范大妈你爱人做什么工作？范大妈头也不抬地答道我没有爱人。万喜良又问你没爱人，那你的孩子……话说了一半，他觉得自己太八卦了，简直像个窥探者，挺没劲儿的，就不说了。

范大妈拖完地，将拖把立在了门后，我的孩子是我跟一个坏蛋生的，她说，好在坏蛋只是孩子他爸，孩子不是，孩子是个好孩子。看来，护士长并不是满嘴跑舌头。这不，范大妈的话匣子现在开始广播了，那个坏蛋说是要娶我，他总是把这话挂在嘴头上，我居然就信了，唉，由于轻信而犯下的错误叫我付出了沉重的代价，有了一个私生女，让人戳了一辈子的脊梁骨。

那时候，你多大？万喜良问道。范大妈说那时候我二十六，在一家杂志社当出纳，而那个坏蛋因为经常给杂志社写稿，就这么认识了，而且一来二去有了些来往，我记得，有一天，是在咖啡馆里，他双手握住我的手，把甜言蜜语说得天花乱坠，开始我被他说得心慌意乱，想把手抽出来赶紧跑开，可是又舍不得走，结果，我上了他的贼船，直到我怀孕七个月以后，我才知道他是结了婚的，我的精神受了极大的刺激，找他去算账，他又骗我说他和他的妻子的关系早已名存实亡了，他会很快地跟她离婚，愚蠢的我竟再一次信了他，一天，他的妻子到我的单位大哭了一场，还打了我一个耳光，闹得满城风雨，我只好辞去了杂志社的工作，一心做个全职妈妈，他因为跟他妻子一直没有孩子，坚持要我给他生一个，还说这是我们爱情的结晶，就在我生下这孩子的前三天，他和他妻子在到北戴河旅游的途中发生了车祸，死了，他妻子也瘫了。后来，别人告诉我，那次到北戴河去是为了庆祝他和他妻子结婚六周年……

你就一直是一个人带着孩子？万喜良问道。范大妈叹了一口气，可不是，父母嫌我给他们的脸上抹了黑，跟我断绝了关系。万喜良又问你辞掉了工作，靠什么过活呀？范大妈极力想做出一个笑容来，却没成功，我到处找活干，一天打三个工的时候都有，卖服装、端盘子、做瓦匠、当保姆，以及在火车站派发广告，所有人家不愿干的活，我都干，她一边掰着手指头算一边苦笑。万喜良问她，她出去打工，孩子由谁管？我送她到托儿所，到最好的托儿所，她说，我受委屈不要紧，我绝不能让我的女儿受委屈。

万喜良问她为什么没再考虑寻求新的爱情呢？范大妈说我不想，我要惩罚自己，我要时时刻刻地提醒自己——你是一个犯过错误的人，每天晚上睡不着的时候，我想起往事就掐自己的腿，把腿掐得青一块紫一块，有时还打自己的耳光，我恨我自己当初瞎了眼，误入了歧途，好在大多数情况下，我都是脑袋一沾到枕头立马就睡着了，因为太累了。

万喜良问她的女儿在哪个学校，上几年级了？范大妈迟疑了一下，摇摇头，我女儿不上学了，她说。为什么呀？万喜良问道。范大妈板起面孔沉吟了片刻，我不想说这个，你也别问我为什么。万喜良识趣地闭上了嘴巴。范大妈又把口气放得缓和了一些，像是表示歉意似的说对不起，我不是不喜欢跟你说话，只是不喜欢跟你说这个。说对不起的应该是我才对，万喜良说。沉默了一阵，范大妈直起腰来，又操起她的拖把，说她要接着干活儿去了。她快要走出门口了，万喜良叫住了她。还有事吗？她问。万喜良说我还想问一句，你的女儿她好吗？说起女儿来，她的脸上立刻有了光彩，几乎是眉飞色舞，我女儿可招人喜欢了，一张瓜子脸，眼睛亮得像黑玛瑙，鼻子尖尖挺挺的像个小洋人，还能说满口的普通话，只要她扑到我的怀里，叫我一声妈，我所有的委屈立马就没了，光剩下幸福和快乐了。

不久，万喜良就见到了这个孩子，她叫范冰冰。她是来找他谈书的，他丢掉的那些书，她都读过了。看到她之后，他一下子就知道她为什么不愿上学了。她的脸型、她的眼睛和她的鼻子都跟范冰冰有几分相像，唯一不同的是她的裂唇，而且是特明显特厉害的那种。显然，她还不大习惯接触生人，总是怯生生地不敢正视对方，躲在她妈妈身后，像一只受了惊吓的小白兔。你好，万喜良像对待一个成年人一样地去跟她握手，她战战兢兢了半天才伸出手来，你好，她的声音比蚊子叫大不了多少。考虑到安静比自己多几分亲和力，万喜良就把她叫了过来。安静一进门，就夸范冰冰的裙子多么的漂亮，搭配的上衣又多么的合适，显得落落大方，等等等等。真的吗？范冰冰半信半疑地问了一句，虽然还有些羞涩，但明显自信多了。

万喜良不得不佩服安静，来的都是客，全凭嘴一张，于是他也推波助澜似的跟着一块赞美，赞美她的聪明伶俐，赞美她的亭亭玉立，当然，说得尽可能真诚一点儿。很快，范冰冰一直低垂着的头抬了起来，话也多了。范大妈见他们谈得很融洽，就放心了，忙她的去了。留下这三个人，热火朝天地讨论起《巴黎圣母院》的开头怎么怎么啰唆，结尾怎么怎么仓促。万喜良发现，范冰冰的记忆力真的超群，有关伽西莫多的描写她差不多都能背下来。你怎么做到的？万喜良惊奇地问道。范冰冰说我喜欢伽西莫多，因为我就是伽西莫多。安静搂着她的肩膀抚慰她，你怎么能这样说呢，在我的眼里，你是一个十分可爱的女孩子。范冰冰说我的同学们都嫌我不可爱，他们给我起了各种难听的名字，不就是因为我的嘴唇有毛病吗，可这并不代表我的心灵也有毛病啊。

浅薄，安静说，他们太浅薄了。

万喜良问她，你就是因为这个，才不去上学的？

是的，范冰冰说，我在家里自学，我保证我的功课不会比他们的差，我想，我将来当个作家，作家可以不去上班，那样，他们就永远都不知道我长的是什么样子了。

安静拍了一下巴掌说正好，你写书，他出书，我给你装帧设计书，一条龙服务，接下来，他们就假想中的那本书的人物、故事和开本、印张什么的，一通信马由缰。三个人都发现幻想于他们的神经系统大有好处，越发地兴致勃勃了。

稍微冷静下来一点，万喜良说我们把这本书构想得如此之完美，不过，有一个先决条件，到时候我们还活着才行。

范冰冰慌忙说你们当然得活着，当然会。这时候，万喜良不会不注意到她的眼睛里汪着一片泪光。

安静说我们也想活着，可是……

范冰冰一手攥着万喜良，一手牵着安静，带着哭腔说没有什么可是，为了我，你们也要活着。

这是一句让他们想起来就感动的话。

也正是因为这句话，他们成了朋友。她很可能是万喜良和安静有生之年交的最后一个朋友了。

很快，范冰冰便成了他们病房里的常客，也不再需要她妈妈的陪伴了。他们的共同语言就是小说。一般来说都是她侃侃而谈，洗耳恭听的是他。她是个狂热的小说迷，跟几年前的万喜良一样，他一边听她唠叨海明威和马尔克斯，一边竭力想象这孩子长大以后会是什么样子。

极偶然的时候，也会谈点儿别的。一次，万喜良对她说你太早熟了。

难道不好吗？范冰冰说，我不可能跟你们这一代人一样，二十岁才会迪斯科，三十岁才会谈恋爱，四十岁才懂得健康的重要性，才忙着往游泳池或健身房跑。她一脸的世故，调皮地冲他微笑着。

万喜良说事实上，我比你说的还要慢半拍，我是三十岁才会迪斯科，可能四十岁才会谈恋爱，至于健康嘛，别等到五十岁，现在就已经垮了。

范冰冰俨然一个健康顾问似的，用很专业的口吻说你身体之所以垮得那么早，最关键的问题在于你不会调节生活节奏，早睡早起，跟太阳保持同步。

万喜良说身体是革命的本钱的道理我懂，只是没铭刻在记忆中，落实在行动上。

范冰冰说你只要遵循动物一样的作息时间，就能享受到动物的那种天然的健康。

万喜良笑了，这笑中十分之一是兴致，而十分之九是赞赏，真想不到，你懂得还不少哪。

范冰冰做了个鬼脸说都是从书上看来的。

万喜良说知识就该从书中获取，从亲身历练中积累是最笨的一种做法，因为付出太多。

言之有理，她说。她显得那么健谈。

不过，她的健谈仅仅局限于跟万喜良，只要安静一出现，她就不怎么说话了，而且似乎还有一点儿紧张。开始还好，越到后来越明显，万喜良感到奇怪，问她你干吗总跟安静那么生分呀？

范冰冰颇带孩子气的嘴角使劲儿歪斜了一下，她太漂亮了，她说。

就因为她漂亮，你才不愿理她？万喜良觉得这个理由未免牵强了点儿。

是的，就因为这个，范冰冰附在他的耳边，仿佛怕被安静听到似的，漂亮的人都有一种优越感，尤其在不漂亮的人面前更是如此，很难平等地沟通。

万喜良故意慢吞吞地点燃一支烟，自言自语似的说道那么，我也属于不漂亮的人喽。

范冰冰说你虽然不漂亮，却很英俊，男人太漂亮就显得奶油了，英俊才好。她的表情随着谈话内容的变化而变化，特生动。

她真是个聪明女孩，也具雄辩性。万喜良想。

每次范冰冰一走，安静就审问他，你们俩嘀咕什么呢，神神秘秘的，我一过去，你们就不说了，好像背着我似的。

像大多数感觉锐利的人一样，对于周围的风吹草动她也是极其敏感的，享受对方由自己制造出的饱受冷落的烦恼，更能增添些妙不可言的愉悦，万喜良说对不起，无可奉告。

安静越是锲而不舍，万喜良就越是拿一把，世上最美好的事莫过于有一肚子别人想知道的秘密了，他说你求我，求我，我就告诉你。

她在他的耳边轻轻说我求你，我求死你。她的语调特温柔，直温柔到咬牙切齿。最后，拖延了好久，他才把她想知道的东西告诉了她，她只付之一笑，说你们是在嫉妒我，因为我有你们所没有的——美貌。

听她这么说，万喜良真后悔把秘密这么快透露给她，话不投机半句多，他说以后你再想从我这里套话，比登天还难。

安静嘻嘻一笑，我不信，我一使美人计你就没招了。

56

范冰冰再次来找万喜良的时候，意外地碰了钉子，被医生挡在了门外，说万喜良现在不能见客。她跑去问她的母亲，她母亲说万喜良昏迷了，已经昏迷了整整一夜了。范冰冰的眼泪立马掉了下来，难道我们所担心的事，真的发生了？她问母亲。母亲安慰她说不会的，万喜良是个好人,他会苏醒过来的。

其实,在范冰冰沮丧地离开医院不久,万喜良就醒了,醒来说的第一句话就是谁在我的脑袋里放了颗定时炸弹,一秒钟疼一下。安静和周围的医生都松了一口气。万喜良摸着头上缠着的厚厚的绷带问道我怎么挂彩了?安静说你忘了。万喜良的眼神四处游移了一圈,仿佛是在想,可惜他的思维迟钝得要命,最后不得不承认,我真忘了。安静提醒他,昨天晚上,你摔了个跟头……

万喜良想了又想,终于一拍脑门,想起来了:昨天晚上,他和安静又溜到储藏室里去读书,他还记起读的那本书是诺曼·梅勒的《裸者和死者》,读了一半时,就累得不行了,要从小板凳上站起来,回病房,突然眼前一黑,他本能似的伸出手去企图扶住点儿什么,比如墙壁或是桌角什么的,却没成功,结果扑倒在地,脑袋恰巧磕在壁橱的把手上,他居然没有感觉到疼,因为他很快地就昏迷了过去。

你快把人吓死了,对我来说,这简直是一场噩梦,安静似乎惊魂未定,嘴角下意识地抽搐着。

万喜良说对我来说,这也是一场噩梦,我居然在昏迷中梦见了地震,梦见了在唐山大地震中遇难的父亲,特清晰,就跟真的一样,可怕极了。

一直参与紧急抢救的护士长,见万喜良苏醒了,没事了,就急扯白脸地说我警告你们,你们的书都被没收了,储藏室也被我锁起来了,再想溜进去读书,做梦!说完,带着一干人马扬长而去,雄赳赳气昂昂的。

万喜良和安静面面相觑了半天,都退了退脖子。

万喜良想翻个身,可是一动就疼,疼得像一百支针头一齐往他的太阳穴注射庆大霉素,禁不住呻吟了一声。安静赶紧过来,关切地问道你还好吧?她知道他的额头上刚刚缝了四针,而他不知道。医生还说没磕成脑震荡就已经够万幸的了。

我觉得我快要死了,真的,我的直觉一向很准,万喜良说。这是他住院以来最为沮丧的一天,沮丧跟癌细胞一样,是会扩散的,很快就能把他埋起来。

他精神的防线突然崩溃也给安静的心里蒙上了一层阴影,但她得去安慰他,你不会死的,宝贝,死离你还有相当一段距离呢,看在上帝的份上,还是别胡思乱想的好。

万喜良失控了似的说你用不着来安慰我,我的身体我知道。她还从来没见过他这样,仿佛沉寂了很久很久突然爆发了——如果他是火山的话。

安静用更大分贝的声音压倒了他,我敢打赌,你敢吗?我说你死不了,就是死不了,你为什么不相信我的话呢!

万喜良黯然一笑,赌什么?他的潜台词似乎是说我们的命都快没了,还有什么赌注可以拿来赌?

安静想了想,如果我输了,我把我的胃移植给你,你知道,我的胃没问题。

如果输的是我呢?万喜良问道。

那么你只好把你的肝移植给我了,安静说。她严肃得很,没有一点儿游戏色彩,跟真事似的。

万喜良说好的。然后,两个人三击掌成交。

这次我是赢定了,安静说,你知道为什么吗?安静一边吻着他的眼睫毛,一边抚着他的头发。

为什么?他只是随便问问,并不真的想知道,他此时此刻的心境,白天的感觉就像夜晚一样,昏暗而忧郁,他想,这也许是输入他体内的某种液体造成的。比如,他在服用过舒乐安定之后,就有发高烧的感觉。

我发现你每天早晨那里都处于勃起状态,不过,我声明,我是无意中发现的,安静脸上不无得意地说。

你是说你发现我总是晨举？万喜良仿佛一下子叫人抓住了什么把柄，一骨碌爬起来，恨不得把他的要害部位藏起来，藏得越隐蔽越好。

安静说你想，一个充满了旺盛欲望的人怎么会轻而易举地抛弃人生，说死就死呢，人死首先是心死，你是人还在，心不死。她一边说，一边坏笑。

万喜良有点儿尴尬了，赶紧捂住了耳朵，我不听，你狗嘴吐不出象牙来。

57

安静说得没错，万喜良没有死，却再也起不来床了。他以为头上的绷带拆了之后，就会一切 OK 了，可是医生告诉他，他的癌细胞扩散了，已经扩散到胃部以外的各个区域。开始，安静只是紧紧地拥抱他，一边流泪，一边吻他的眼睛和唇，给他无数个长长的湿漉漉的吻。他躺在那儿，看上去那么脆弱，那么无助，她多么想将自己拥有的所有都献给他，而遗憾的是，她所拥有的东西太少了。好在很快她就振作起来，她几乎与他形影不离，整天笑眯眯的一副甜蜜蜜的样子，兴致勃勃地操持起他的一切，比如他的饮食，菜谱都由她来订，很讲究色香味，食堂做不出的菜，她写下做法拜托病友的家属代劳。闲暇时，她还要给他按摩，因为她注意到他的大腿肌肉已经松弛了。她乐意为他做这些，一点儿也不觉得琐碎，她甚至庆幸自己能有这么个机会，来充当一下她的妻子的角色。

看她总是为自己忙碌，万喜良就会把一只手搭在她的肩上，没什么，二十年以后又是一条好汉。

你现在仍然是一条好汉，安静说。她顺手撩拨了一下他的小弟弟，故意色迷迷地向他抛了个媚眼，尽管对媚眼一路她不怎么在行。

万喜良就仿佛被磁石吸引了似的，眼睛直勾勾地盯住她，一丝微笑和一声叹息同时出现在他的唇边，但是那微笑比那叹息要痛苦得多。

这时候，安静便俯在他身上，用舌尖舔着他的耳垂说，我们在一起真好啊。

当然，也有不好的时候，那就是在他上厕所的时候。

我自己能行，他说。他想扶着墙壁，趔趔趄趄地移动到厕所，去解决问题，可是，他浑身上下一点儿劲都没有。

安静说不用我来扶，万一你摔倒了怎么办。因为着急，她的声音短促而快速，我真不明白，你怕的是什么，是怕羞吗？

其实，万喜良不是怕羞，怕的是失去尊严，失去一个男人特有的那种尊严，一个连撒尿都不能独立完成的家伙，活着还有什么意义？活着的意义应该是快乐、快乐加快乐。不过，最后他还是没能拗过安静，因为他不按她的旨意办，她就会不快乐，他不愿因自己的不快乐，而令喜欢自己的人也跟着不快乐。

说来也怪，万喜良的病情突然加重，安静天天围着他团团转，反倒觉得自己强大了许多，从表面上看，甚至完全不像个病人。直到医生提醒她，你该化疗去了，她才恍然记起自己也是个病人，仿佛背后挨了一鞭子，不由得浑身一颤，脸色一下子苍白了，她怕万喜良看出这个，赶紧拿起扫帚扫地，来掩饰一下，她将尘土从这个角落扫到那个角落，来回来去扫了好几遍，也没扫干净。

你走吧，万喜良说，我在这里等你。

我快去快回，你要乖，安静对他是千叮咛万嘱咐，就是不放心，好几次都想放弃这回化疗，又怕万喜良不答应。她跟他告过别之后，快要出门时，他又叫住了她，别怕疼，回来我给你冷敷，他说。她冲他嫣然一笑，眼泪却刷地一下子淌了下来。

安静走了，百无聊赖的万喜良把竖在墙角的鱼竿拿过来，趴在床上，去钓在地上爬来爬去的蟑螂。蟑螂是医院的特有的宠物之一，所有的医院都少不了这玩意儿，据说，这玩意儿对来苏水的味道有本能的好感。万喜良屋中有两只最大的蟑螂，万喜良分别用两位自己最喜欢的作家的名字给它们冠名，褐色的那只叫金东仁，黑色的那只叫谷崎润一郎。整个一下午，他就是跟蟑螂一起度过的，无论是他，还是它们，都很开心。

58

万喜良那天随便感慨了一句，说自己只能这么躺着，就像被埋在久已废弃的矿井里一样。这话让安静听了心里挺不是滋味，从此，她就到处收集些情报，谁哭了，谁闹了，谁跟谁吵起来了，回来讲给他听，给他解闷，实在没词了，就自己编。但出乎意料的是，万喜良对她讲的那些闲言碎语，并没有产生太大的兴趣，他更关心的是槐花是不是谢了，杨树叶子被秋风吹落了多少，还有，平时栖息在顶楼的那些候鸟是不是已经南迁了……

碰巧赶上安静化疗回来，身体不适，她就躺在万喜良的身边，除了相互抚摸调情之外，更多的则是在一起侃大山。有一次，安静突然问万喜良，假如我不是躺在这里，而是躺在妇产科，我得的也不是现在这种讨厌的病，而是待产，那么你该怎么办？万喜良说我就天天在家里给你熬好鸡汤，送到医院来，拿小勺一口一口地喂你，要是太烫，我就吹一下，吹凉了再喂你。这是相当得体的回答，安静很满意，轻轻吻了一下他的脸颊，你答得不错，加十分，她说。

谢谢夸奖，这都是我应该做的，万喜良谦虚地说。万喜良永远牢记毛主席说过的一句话：虚心使人进步，骄傲使人落后。很快，安静又抛出了第二个问题，如果在我临产的时候，在我阵痛的时候，你呢，你会在产房门口的走廊里做些什么？是一棵又一棵地吸着烟焦急地等待,还是背着手踱着步为我和我们的孩子暗自祈祷?

我会跑到超市去,疯狂地采购些可乐、巧克力和汉堡什么的,送给为你接生的护士和医生,万喜良说,这些东西能够起到润滑油的作用,他们就会尽心尽力地帮你顺利地生下我们的孩子。

安静开始警惕起来,用审贼的口气问道,你怎么懂得这么多,是不是犯过前科呀?万喜良赶紧辩白道,冤枉,天大的冤枉,我是清白的,绝对。不实践,哪来的这么丰富的经验之谈?安静仍旧不肯相信他。万喜良说我不过是纸上谈兵而已,理论有时候跟实践往往是脱节的。安静凝视了万喜良半天,没从他的表情上发现什么蛛丝马迹,就说这次,放你一马,别让我抓住你的尾巴,哼。

万喜良知道,自己在安静面前抖机灵,总要吃亏,因为她比他更机灵,最为明智的办法就是装傻充愣,这样起码能保证交谈流畅些。只是在谈到孩子的性别问题时,他们产生了严重的分歧,万喜良说如果他们生个孩子一定要是个男孩,黄飞鸿那种,打遍天下无敌手;而安静则倾向于要个女孩,打扮起来像朵花,人见人爱。

万喜良说什么我都可以妥协,唯独在这件事上我坚持我的原则,决不妥协,决不!

安静为难了,只好谋求另一条途径解决,比如,干脆生上两个孩子,一个男孩和一个女孩。看来,也只好这样了,不过听说生孩子多了,母亲的形体会有所变化……正想着,突然隔壁响起嘹亮的《国际歌》的歌声,隔壁就是她的病房,唱歌的是那只八哥,不知从什么时候开始,八哥一饿,就扯着脖子唱:起来,饥寒交迫的奴隶——

得了,先别想那个子虚乌有的孩子了,该喂鸟了。

59

现在的万喜良去化疗不再用步行,开始享受躺在担架平车上由人推着去的待遇了。担架平车的轴承很久没有膏油了,走起来吱扭吱扭地响。推车的通常是李萍,有时安静也会抢着推一下。仰面朝天躺在平车上,他总会产生某种联想,去化疗室是这么走,去太平间也是这么走,程序差不多,不同的是,去化疗室他的眼睛可以滴溜溜乱转,看看这,看看那;若是去太平间的话,他的眼睛就只得闭得紧紧的,视而不见听而不闻了。

在从病房到化疗室或从化疗室到病房的途中,万喜良常喜欢猜测,真的有一天,他被推进太平间,周围的人们会说些什么,他希望听到的是人们用惋惜的口吻说:年轻轻的多可惜呀,英年早逝。不过,要是人们说:病得这么久了,死了就死了吧,省得活受罪。他也没办法,舌头长在人家的嘴巴里。值得安慰的是,安静一定会像他的妻子一样,扑到他的身上,为他伤心,为他流泪,这就足够了,做人不能太贪心。

他真的不贪心,只是理想太多,从小就是这样,十来岁时的理想是开火车,跑京广线,轰隆隆从首都一气直达广州;二十岁时的理想是当作家,要么写一本《悲惨世界》那样的巨著,要么写一堆杨朔和秦牧那样的散文;三十岁时的理想是当藏书家……现在,他的理想变了,变得简单了,只要死在安静的前头就行,不然,安静没了,剩下自己孤零零地活在这个世界上,他受不了,别说真的那样,就是让他想一想,也足以令他不寒而栗的了。

一想到这,他就特想亲她一下,甚至还有了做爱的冲动,可惜,这冲动来得不是时候。在化疗室接待他的是一个年过半百的留着李时珍式胡子的老家伙,姓徐。万喜良每次跟他攀谈,他都说哦,小伙子,我简直不相信自己的耳朵,万喜良以为他对自己的话题总是很好奇,所以才这么说,后来才知道,他是半个聋子,起码拿耳朵当摆设的时候居多。

徐医生酷爱的是 X 光片,而不是人。据说,根据 X 光片他能判断出对方的年龄、身高、体重、脾气秉性什么的，可跟人打交道就笨拙得多了，他说人太复杂，年轻时，他的一个朋友结婚三年也没生育，急，找了很多的名医，也不见效，他实在不愿看到朋友这么辛苦，就帮了一下忙，只帮了一下就让朋友的妻子有了身孕，结果朋友不但不感激他，反而跟他反目为仇，其他人也谴责他不道德，这让他悲痛欲绝，从此离群索居，独身了大半辈子。

许是万喜良对他比较友好的缘故吧，所以才偶尔会跟万喜良说上一两句话，给万喜良留下印象最深的一句是，看这张光片，这就是你，这是最本质的你，甚至比你本人还要真实。万喜良就久久地凝视着自己的 X 光片，扪心自问：是这个只有内脏器官和骨骼的我真实，还是有鼻子有眼有表情的我真实？

不过，有一点可以肯定，如果徐医生所说的真实的自己，有一天贸然走到街上去，不吓倒一片才怪。

60

今天我要让你领略一下什么叫美，什么叫迷人，这天，从化疗室一回来，安静就对万喜良说。

她把她全套的化妆装备都倒腾出来，一一摆在桌上。这个是睫毛卷，知道吗？这个是眼影，这个是唇膏……她一边讲解着，一边开始操作。她的架势很自然地让万喜良想到了历史博物馆的讲解员，只是讲解员一般都是站着的，而她是坐着的，且双脚跨在桌下的横杠上。安静先是描画眼线，然后上睫毛膏，然后拿着粉饼沿着双颊自下而上地扑上一层粉，然后才是腮红。整个过程烦琐而又漫长，漫长得几乎用掉了唐宋元明清几个朝代的时间，方初具规模。万喜良以为总可以告一段落了，她却说还要精加工。因为角度的问题，他只能看到安静的侧面，侧面的她让他觉得很陌生。

　　万喜良觉得女孩子化妆应该妩媚和娇羞才对，当然还少不了一种自我感觉良好，可是，安静却不是这样，怎么形容她呢，她似乎更像即将爆发的火山口，随时都会有岩浆喷发出来。

　　化妆看来是个体力活儿，比想象中的劳动强度大多了，半截，她站起来还伸了好几个懒腰，试着做些医生叫她做的运动，然后，接着忙。她说，化妆时没有镜子照，质量不可避免地要打些折扣。

　　他知道她是在埋怨他，因为他把所有的镜子都涂上了油漆。

　　谢天谢地，万喜良几乎等到最后一个皇帝退了位，安静才化好妆，婀娜多姿地转过身来，面对着他问道效果如何？万喜良的表情简直可以用惊艳来形容，他坐起来，张大了嘴巴，眼球不断地调整着焦距，好半天才用英语说了句天哪。安静知道自己的目的达到了，她看出此时此刻的万喜良已经完全沉溺在她的迷蒙的眼神里不能自拔。她耳语似的问道美不美？他说美。她又问迷人吗？对万喜良来说，似乎这时候周围的一切都远离他而去，包括时间和空间，他的眼里只有她的那张俏丽的脸，你真是迷死了人，他说。

　　她的身子倾向他，离得很近很近，知道就好，她说，说得特铿锵。不过，万喜良的心里还是有点儿怪怪的感觉，他犹犹豫豫地问道，今天是什么特别的日子吗？她说 NO。他不得不承认，虽然在病中，但化过妆的她依然魅力无限，脖子依然挺拔，胸乳依然浑圆，腰身依然具有曲线美，很容易招惹十六岁以上、六十岁以下的意志薄弱的男人犯作风问题，以前他总把这样的女人叫做"公害"。他问她突然打扮得如此光彩照人，是何居心，总该有个原因吧？她却说原因你知道。他一脸的疑惑，原因我知道？她说是的。他突然想起来他在化疗室里夸过一个病友的女儿长得又美又迷人——原来问题的症结在这里，面前所有的一切的起源就是因为那句话。

　　他想说她是个小气鬼，可是话到嘴边却变成了你太女人了，什么美，什么迷人，我是随便说说的，我甚至连那个女孩的模样都没看清。

你确定？她说。他说我确定。你真的确定？她又凿补了一句。他说我真的确定，去化疗的时候我的眼镜忘了戴了。

她打了他一巴掌，说我还以为你移情别恋了呢，让我担心了半天。他说怎么可能。你这个大坏蛋，安静骂了一句，手臂紧紧地箍住了他的腰，脸颊贴在他的后背上摩挲着……

都怪你，害我一通乔装打扮，像个小丑一样，她说。

这样能让人肾上腺上升的小丑也实属难得，他说。

61

渐渐地，温情淡去，取而代之的是一种莫名的欲望，安静急切地拉起万喜良的睡衣睡裤，他要帮忙，她不让，我忙得过来，她说。终于她把他的毛重都减去了。他捂着要害部位，问道你呢？我好办，她先拿两把椅子顶在了门上，又把自己的牛仔夹克草草地绑在腰际，这样一来，有人来她用被子把万喜良一蒙，而自己仍旧衣衫齐整，避免了让人家捉奸在床的尴尬。

他们搂在一起的时候，他身上有一种浓浓的福尔马林的味道，而这味道她身上也有，不过，已经顾不得这个了，他们迷失了。

她亲了亲他的额，问道这是谁的？

他说是你的。

她又亲了亲他的唇，问道这呢，是谁的？

他说也是你的。

接着，按照顺序，她依次又吻了他的喉结、胸口、肚脐以及其他说不出口的零部件，亲一下，问一句，这是谁的或那是谁的。

在她亲过的位置上，都能清晰地留下一个红色的唇印，那种红通常被叫做玫瑰红。

她的吻很柔，像漂浮的云彩落在裸露的皮肤上，而他却觉得火辣辣的烫,仿佛是篝火晚会上飞溅出来的火花灼得慌,一阵红潮从他的耳后蔓延到他的脸上、颈上和胸上,连他沉睡了许久的小弟弟也苏醒过来,一个劲儿地伸懒腰。直到她把他从头吻到脚,才抬起头来,如释重负般地说好了,有这么多属于我的地方,足够了,余下的谁要拿走就拿走。万喜良差一点儿没笑掉大牙,经过你这么一番洗礼之后,我身上还能有什么余下的东西?安静一本正经地说有啊,新陈代谢掉的那些,比如汗液什么的。万喜良说你好慷慨呀。她说人家倒都是这样评价我。

然后,她把耳朵贴在他的胸上,倾听着他的心跳,在她听来,那心跳既像放慢了速度的爵士鼓鼓点,又像雨点拍打在铁皮屋顶的声响,她一下子湿润了,如果性感也可以用来衡量女性美的话,色迷迷的安静这时候比以前任何时候都漂亮。

不知为什么,她总能在他身上闻到一股麦片的清香味,她对这种清香很迷恋,差不多迷恋到病态的程度。她曾偷走过他的一件浅色衬衫,晚上睡觉时就穿在身上,只为能闻到一丝他的味道。不过,这是个秘密,她一直都没有告诉过他,怕他笑话。

最让她感兴趣的,当然还是他本人。他有一颗黑痣,像黑米粒一样,不过比黑米粒稍小一点儿,就坐落在他的小腹上。她似乎对那颗黑痣情有独钟,一遍遍地吻它,还说它是她的小乖乖,可爱死了,简直可以做他的注册商标。万喜良故意逗她,你真的只觉得它可爱吗,那么它的邻居呢?

安静似乎很不屑地瞟了一眼他的小弟弟,说我不太喜欢它。

为什么?万喜良很是不能理解,为什么偏偏不喜欢它?

安静说它一会儿垂头丧气,一会儿杀气腾腾,情绪总不稳定,显然缺乏足够的修养。

它的情绪都是因你的变化而变化,万喜良申辩道,毛病在你身上,它是无辜的。

好吧,随你怎么说,我不玩了。说罢,安静就想溜掉,可惜,晚了一点儿。

万喜良一翻身将她压在身下,想跑,没那么容易,刚才是男生生理课,下一节该是女生的了,他说。安静把手指竖在唇边,嘘,说你听外边。外边怎么了?万喜良问道。安静一骨碌爬起来,说外边下课铃响了,借机跑掉了。

62

这天早晨,下了这个秋天的第一场雨,它似乎是在宣告,夏天走了。同一天,范冰冰来了。范冰冰是冒着雨来的。她打了一把伞,一双鞋的鞋尖和鞋跟都湿漉漉的,在病房的地上留下了串串脚印,那脚印怎么看怎么像锚,就是帆船上的那种锚。哦,我们的天使来了,一看见她,万喜良高兴地招呼了一声。范冰冰却说这话听起来可不大像恭维。她更喜欢他叫她是朋友。

万喜良问外面的雨下得大不大,他真的想知道。范冰冰说不大,也不小。万喜良又说不大不小的雨最容易叫人伤情。范冰冰歪着脑袋问道你不想亲眼看一看吗?安静以为她是跟他开玩笑,所以一笑置之,范冰冰却觉得自己是认真的。

安静赶紧插了一句说笑而已,他不会去的。万喜良突然说为什么不呢,我要去。安静把手放在他的膝盖上安抚了一下,天凉,又有风,怕你受不了。范冰冰说人就是要经风雨见世面的嘛。说完,还冲万喜良挤挤眼,万喜良会心一笑,瞬间他们就结成牢固的统一战线。

好吧,安静拗不过他们,只好妥协,不过,仅限十分钟。

万喜良披上毛毯,让她们把他搀到阳台上,在躺椅上躺了下来。许久没有透空气了,稀罕,虽然是淫雨绵绵,可在他看来比晴空万里、阳光明媚还令人心情舒畅。

秋雨把树叶都打落了,他说。

范冰冰说你看,还有最后一片叶子。

万喜良用手指碰了一下范冰冰的鼻子尖,调侃道不会是你悄悄画上去的吧?

当然不是,范冰冰说,因为我不是个画家。

秋天的雨就这样,总是淅淅沥沥的,多少有那么一点儿神秘感,很容易将人带入某种情绪当中,就像他们现在这样。

从某些方面讲,范冰冰和安静有些相像之处,就多愁善感而言,只不过范冰冰的水平是业余的,而安静绝对够得上专业了。

他们开始沉默了,开始浮想联翩了。

阴雨时,天空就显得很矮,仿佛爬到五层楼的楼顶,伸手就能够着似的。安静托着腮,望着天,突然冒出来一句,生命里的东西不是你想要就可以得到的,你能得到的只有生命给你的东西。范冰冰天真问道这是诗吗?安静摇摇头说不是诗,是小说。范冰冰觉得很经典,就记在了本子上。

乌云越来越多,浮动着,狡黠地荡来荡去着,成为视觉上最占地方的东西。安静这时候才意识到他们在露天里待了不止十分钟了,也许是二十或三十分钟也说不定,慌忙地将万喜良送到他的床上去,盖上了被子。万喜良把护士长扣押的那些书全部赠送给了范冰冰,至于怎么跟护士长交涉,他相信安静会有办法。范冰冰临走,万喜良对她说以后你不要再来了。为什么呀?范冰冰问道。万喜良就是不说。

他是不愿给她留下一个病鸭子形象。的确,自从他躺倒以后,他的体重急遽下降,减了八公斤,瘦得像一片空空的贝壳。

63

一觉睡到大天亮,是万喜良长期以来梦寐以求的幻想,这次他终于做到了,不过,是在舒乐安定的帮助下。醒来之后,却没有发现安静,平时她总是在那里的,等着他醒,等着给他各式各样的惊喜。安静是个制造惊喜的大师,仿佛她只需眨眨眼,惊喜就会从天而降,对此,万喜良简直佩服得五体投地。只有安静知道,制造这些惊喜损失了她多少的脑细胞。

万喜良一边把手放在额头上遮挡着阳光,一边开动脑筋判断着安静的去向,他一下子罗列出大约一百种可能性,要不是突然被李萍干扰破坏的话,他很可能还会罗列出一百零一种来。李萍说安静让她来告诉他,她在药房,要耽搁一阵子,所以他只好一个人吃早餐了。万喜良问李萍安静到药房去做什么。安静说不知道。万喜良双手合十说上帝,还是不要让我一个人吃早餐吧,一个人吃早餐是最凄凉的事情之一了。李萍说对了,安静还叫我嘱咐你,多吃点儿。

吃药的时候,通常是吃完早餐的一个小时之后,安静竟还没回来。以往,他们总是开展吃药比赛的,比赛谁吃药吃得快,奖品是一个吻。到目前为止,他的成绩还不错,赢的时候多,输的时候少。赢的滋味很好。如果此时此刻安静在这就好了,他想。这时候李萍又来了,催促他别忘了吃药。安静呢?他问。李萍说还没完事,完事就会来,另外,她还叫我告诉你,这次算你赢了,奖品加倍。万喜良笑了。当李萍问他安静给他的奖品是什么时,他却回答这是绝密。李萍只好悻悻地离开了。

这一个上午,安静始终没露面,中午,还是一样。万喜良觉得自己是这个世界上最孤独不过的动物了,关在笼子了,自己出不去,其他同类也不进来,除了李萍来传达安静这样或那样的指令而外。万喜良的忍耐终于到了极限,他要去找安静,李萍要拦也拦不住,这时候安静才出现。她在主任和护士的陪同下,频频向万喜良招手致意。他发现她的脸色居然跟纸一样白,不,甚至比纸还要白。你没事吧?万喜良忧心忡忡地问道。没事,我挺好,安静笑着说。可是她的笑一点儿都不真诚,像是假面具上画着的那种笑。

你跟我捣鬼,万喜良说,我知道你是在跟我捣鬼。与其说是他从她身上发现了什么蛛丝马迹,倒不如说是他的直觉在起作用。

我没捣鬼,我只是稍微有点儿不舒服,安静嬉皮笑脸地说。

怎么个不舒服,比如——万喜良焦急地问。安静把嘴巴贴在他的耳边,鬼鬼祟祟地说比如失眠啦或来例假啦什么的,寻常小事而已。这时候主任说安静回到你的床上去吧,还要输液呢。万喜良问主任她要输什么液?主任面无表情地反问了一句,你是医生,还是我是医生?听你的,还是听我的?万喜良赶紧举手投降,OK,听你的,你是老大。心里却想,手里要是有个鸡蛋就好了,一定甩在主任的那张胖得找不到任何细节的脸上。

64

都走了,只剩下自己一个了,以及一张床、一张桌、两张沙发和一台拔了插头的电视,那种难以忍受的幽闭恐惧症油然而生,最近,只要安静不在他身边,他就犯这病。他知道,他是太依赖她了。

安静刚才似乎有点儿不对劲,他想起她的种种反常表现,觉得没有必要再怀疑什么了,方才看到的已经足够了,那显然不是安静所说的只是每月必修的生理课程那么简单。她究竟怎么了?他想。

他的神情很有点儿福尔摩斯的味道,所有的疑问都写在了脸上。

琢磨来琢磨去,当了半天的思想家,脑仁都疼了,也没个结果。他决定活动活动筋骨,去他的,光坐这瞎猜有什么用,不如去安静那儿视察视察。他撑着床栏下了地才知道,除了大脑,胳膊腿儿什么的都不大听他的使唤了,每迈一步,都有瘫倒下去的危险性,更可怕的是他居然流起鼻血来,他忙活了好一阵子才让鼻子镇静下来。

从他的病房到她的病房,仅一墙之隔,他却费了好大的劲儿,历时二十八分零十六秒,而且汗水把他的衣裳也都打湿透了。安静的病房挂着窗帘,灯也没开,光线很暗,守护她的李萍说她刚给安静注射了一针镇静剂,叫她睡下了。

万喜良试着让眼睛适应这里的低能见度,一步一步走近安静,却见她的身上插满了塑胶管,很像恐怖片里的人物,样子特可怕。万喜良仿佛氧气不足似的倒吸了一口冷气,赶紧问李萍她怎么了?李萍叫他别紧张,她没怎么。万喜良知道她在撒谎,护士都喜欢撒谎,他把手放在李萍的肩上捏了捏,警告她。这是一种潜在的威胁,他又问了一句她怎么了?李萍为难了,说安静不让我告诉你。万喜良说她不让你告诉我的原因是她想自己告诉我,可是,现在她睡了,只好由你来告诉我了。李萍结结巴巴地说安静的病情恶化了。我想知道得更详细些,万喜良说。李萍说恐怕她会跟你一样,从此只能卧床了。他听到她病情恶化的消息比当初听到自己病情恶化的消息还要惊愕,惊愕到一百倍。腿一软,一屁股跌坐在地下,李萍想扶他起来,他没让,他说别管我,叫我坐这冷静冷静。

冷静的结果是,万喜良迅速地制订出两项基本原则,第一是再也不能让安静来照顾自己了;第二则是自己应该来照顾安静。

想好了,他把手递给了李萍,来,拉兄弟一把,让我起来。

65

现在,李萍在护士的头衔上又加封了一个——信使,她频繁地穿梭在万喜良和安静的病房之间。开始,她还没有意识到这个工作的艰巨性,错误地穿了一双高跟鞋,一天下来,脚后跟就起了泡,幸好,她及时地换上了双布鞋,这样,步履就轻盈得多了。

万喜良醒来的第一件事就是给安静打电话,道一声早安,通常是铃声响很久,她才接电话,不是她忙,事实上她一点儿都不忙,她唯一忙的就是等接他的电话,迟迟不接的理由是女士总是要矜持一些才够风度,要的就是这个劲儿!

一般来说,道过早安之后,他会问她从哪一站上的车,而她也会很认真地说出一个车站的名字。李萍总以为这是他们之间的暗号,其实不,是因为他们手头有一册火车时刻表,为聊补无法出游的遗憾,经常翻着玩,久而久之,整本的火车时刻表竟能完完全全地背了下来。他问她从哪站上的车,只不过是问她几点醒的,她回答的也正是这个问题的答案,游戏而已。

除了这些平常得不能再平常的家常话而外,他们还能说什么呢?李萍总是像一个幽灵一样的在他们跟前徘徊,不是在打电话者的这边,就是在接电话者的那边,公开示爱显然不符合中国国情,况且李萍正竖着耳朵听着呢,恨不得找个茬奚落他们一通,过去他们没少奚落她,因为她有几次意外受孕,说她的子宫跟航母一样的庞大而又性能极佳,所以她早就伺机报复哪。

午餐时,万喜良会让李萍把他碟子里的蘑菇挑出来,给安静送过去,安静是菌覃类食物的爱好者;而安静则把她碟子里的肉片拨给万喜良,因为万喜良是个不折不扣的食肉动物。

互通有无的不仅仅局限于食品上,一杯普洱、一张 CD 或一幅从画报上剪下来的葡萄牙龙血树的照片也都要一起分享,是一种慰藉,还能让彼此重拾对生活的兴趣。

不好意思,是不是太辛苦你了?万喜良总是对李萍有点儿歉意。

李萍做了一个无所谓的手势,如果你拿我当朋友,就不该这么说,有什么可以效劳的,尽管吩咐。

有的事即便是李萍主动请缨,他们也不会去麻烦她的,比如表达爱情。他们宁愿把那些表达爱情的词句倾泻在纸上,用那些词句代替他们火辣辣的唇,去吻对方,吻它个地覆天翻,然后把信纸折成帆船形状,而且是最复杂的那种,拆起来特费劲儿,然后交给李萍转达,然后倾听着李萍的脚步声,中间有没有停留,然后马上给对方打电话证实一下……

接到我的信了吗？哦，接到了。有没有被拆开看过的痕迹？没有。

确认他们的隐私权没被侵犯，两人都松了一口气，一个在这边读信，另一个则等着对方读完信以后把读后感转过来。这时候的他们，眼睛里就会发射出炽热的光辉，仿佛心仪的那个人就在对面，甚至能感觉出对方的呼吸。

李萍偶尔会感慨地对万喜良说，我真的有点儿羡慕你们。

什么，你说你羡慕我们？万喜良差一点儿从病床上跳了起来，如果他能有能力这么做的话，他会的，不过，现在的他只能像个落入陷阱的狐狸一样地嚎叫，你羡慕我们什么，奄奄一息吗？坐以待毙吗？苟延残喘吗？

别偷换概念好不好，你明明知道我羡慕你们的是什么。李萍的脸上挂着一副护士特有的安闲神色，静如止水，她知道病人总是喜欢寻衅滋事，以便找一个宣泄情绪的机会，她不上这个当。

自打跟安静见不到面的那天起，万喜良就不断地做梦。安静说她也是。在万喜良的梦中，安静是永恒的主题，不过，常常是她的某个细节或某个关键动作的刹那形态，有哭的，有笑的，有欲哭不哭、欲笑不笑的。

他总是把他头天晚上做过的梦，在写信的时候讲给她听，比如他和她一起划了一晚上的船啦，或是跳了一晚上的舞啦，或是做了一晚上的爱啦。她回信说她跟他有着心灵上的感应，他梦见划船的那天，她梦见了她的裤腿儿被海浪打湿了；他梦见跳舞的那天，她梦见了她最喜欢的跳舞时穿的那双棕色小马靴；而他梦见做爱的那天，她同时也有了高峰体验，且不止一次。

万喜良知道她是逗他玩，她的狡黠，他略知一二，但是他就是喜欢任凭她逗他玩，也喜欢她的狡黠。

66

　　就在他们两地分居了一周之后，突然传来了一个振奋人心的消息，万喜良和安静可以合并在同一个病房里，原因是"便于统一管理"。这一消息是护士长向万喜良宣布的，护士长面无表情，两条腿微微颤动，双臂交叉在胸前，一刹那，万喜良觉得护士长的这个架势特有风度，特有魅力。

　　李萍站在护士长的背后，一个劲儿地朝他眨眼睛，显然这一切都是她精心设计的。他向她挑了一下大拇指，表示谢意。

　　很快，他就被担架平车推到了隔壁的病房，就是安静住的那间，那里并排安置了两张床，所有的被褥都是新换的，这一切都是护士们趁安静去化疗的空隙做的。瞬间，万喜良的脑子里浮现出一个名词：洞房。安静从化疗室回来，看到他一定会大吃一惊的，他想。李萍在他耳边低语道还满意吧？万喜良说满意，满意，太满意了，你真伟大。李萍却说别高兴得太早，你以为我是为你们，NO，我是为我自个儿，我怕你们俩把我累死！他知道，她是故意这么说的，我真想吻你一下，他悄声说。李萍笑着说少来啦，肉麻不肉麻呀。

　　安静回来了。奇怪的是，看到万喜良，她并不像想象的那样，惊讶地把弯曲起的手指搁在嘴里，一副不敢相信自己的眼睛的样子，不，她没那样，而是麻木不仁，麻木不仁得近乎于漠然，这种漠然我们常常能在植物人的脸上发现。

　　李萍特意提醒了她一句，你没见谁在这里了吗？

　　见到了，安静说。她的目光中满是不以为然的神气，她紧抿着的嘴唇也挂着这种不以为然的神气，她慢吞吞地躺下，用被单把自己裹得紧紧的，居然连理都不理万喜良！

　　万喜良注视着她的一举一动，一脸的失望。

　　同样失望的还有李萍，她对万喜良说了句有事尽管按床头铃叫我好了,就离开了。安静突然掉过头来问道李萍走了吗?万喜良机械地答道走了。现在,还能隐约听到李萍渐渐远去的脚步声,那脚步声很落寞。

乌拉!安静猛地撩开被单,尖叫了一声,一下子扑到了万喜良的身上,以非教科书的方式一阵狂吻,吻得毫无节奏可言,很野性,吻得中间也会腾出嘴巴来说上一句太好了,我们又在一起了。万喜良先是茫然地接受着她的吻,更加茫然地接受着她疾风暴雨般的爱抚,可惜,没矜持多久,他就被她的激情所感染,不由自主地响应起她来,没办法,他就是这么一个意志薄弱者,而且始终都是,极缺乏抵抗力。

嬉戏了一阵,累了,他们便仰面朝天地躺着休息一下,就像窗外的鸟一样,盘旋够了,总要找个枝头歇一歇的。两人手拉着手,一会儿她挠挠他的手心,一会儿他又挠挠她的手心,相互挑逗,不过,这一切都是秘密进行的,因为两只手用被单遮掩着。这时候的他们,疲乏的身体都涌动着一种叫做惬意的东西。

踏实了一会儿,他问起她刚才为什么那样冷漠。她笑了,悄声说我是故意的。为什么故意?万喜良又问。安静说你要我怎么样,当着人家的面,欢喜若狂,厚着脸皮扑上去跟你亲热,这么传出去,岂不太没出息了?假不假呀,你,万喜良说。安静嘿嘿一乐,淑女都这样。

万喜良俯下身子,加重语气问道你给我说说清楚,淑女都哪样?她再次把他抱住,小手伸进他的内衣里,说了句淑女都像我现在这样,就又沉溺于缠缠绵绵的沼泽地带之中,当然,还有万喜良陪着她。

此时此刻,对他们来说,一切都不重要了,重要的是他们又能在一起了。

67

自从他们住在了一起,一直奉行着独立自主、奋发图强的八字方针,能不麻烦护士,尽可能就不去麻烦护士,这样,跟前少了一个电灯泡,他们就自在多了。

现在好了,每天从睡梦中醒来,第一眼就可以看到对方惺忪的脸,他们迷恋这种感觉。嗨,睡得好吗?他们打过招呼,就拥抱在一处,当然,这个时候是不能接吻的,安静规定,只有在漱过口之后,喝过茶之后,开开窗透过新鲜空气之后再吻,那样吻起来才有左岸的味道。

他们俩成立了一个互助组,万喜良难受的时候,安静就会帮他捶背,让他呕,有时候呕过之后,胃部会好受些。只是呕的感觉很糟,好似一根铁钩子穿过喉咙,钩来钩去,又疼又痒,好几次他总以为快把心脏呕出来了,幸好没有。

呕完,万喜良就跟虚脱了似的,瘫软如泥,嗓子眼还发出像蒸汽机车放气时的咝咝声。一般来说,替他打扫战场的都是安静,安静也觉得这是天经地义的事,她给他换上干净的睡衣,再让他喝一杯加盐的清水,然后叫他枕着她的腿躺下。她轻轻抚着他的额角,擦拭掉额角上的冷汗。记得,以前她病的时候她母亲就是这样对她的。他就很感激,还会冲她笑一笑。

让万喜良感到遗憾的是,在安静难受的时候,他却帮不上什么忙。她肝区疼痛起来难以忍受,这从她的表情上就能看出来,汗珠滴滴答答地一个劲儿地往下淌,她就用胳膊肘或是枕头顶着,而他只能攥着她的手,那是一双小巧的、白皙的、血管隐约可见的手,他只能那样,别的什么都做不了。最后,还是得按铃叫护士,给她注射一针杜冷丁。

他很为自己的无能而羞愧,总想找个立功赎罪的机会补偿她。让她高兴,只要能让她高兴,叫他付出任何沉重的代价都可以,包括抛头颅洒热血,他想。有一天,偶尔来了个律师朋友,给他们讲了些案例,他发现安静听得津津有味,兴致勃勃,许是与世隔绝太久了,来个人,就像吹进一缕春风,自然让人感到心旷神怡了。仿佛受了启发,过两天，他又请来个酒吧服务生，再过两天，请的是出租司机，病房外面的人讲的那些奇闻逸事，很是叫病房里面的人大开眼界。安静甚至又有了梳妆打扮的心情。任何时候都不能不注意自己的形象塑造，你说是不是？她问他。他连连称是。既然她开心了，那么他的目的也就达到了，总算帮了她，所以他也就开心了。

万喜良还拜托李萍给他们俩买了相同的帽子，那是红色绒帽，是圣诞老人戴的那种。他们戴上它，病房里就洋溢着节日的气氛。安静的头发刚开始一绺一绺脱落的时候，他以为她会痛哭一场，出乎意料的是，她没有，而是平静地接受了现实，甚至没为这件事发过一句牢骚，就画了个句号。

所有的医生护士都拿他们的小红帽找乐子，他们将计就计，叫人给他们买些糖果和巧克力回来，放进鲜艳的线袜里，一来客人，就分发给他们，一时间，这成了科里的一段快乐的小插曲。

68

在漫漫长夜，他们睡不着的时候，常常靠读书来打发时间，幸好护士长的大扫荡不大彻底，那本蒙古人写的《在阿尔泰山》还在。安静到夜里总是憋气，稍微注意一下，就会发现她的颈动脉搏动得特别厉害，所以都是由万喜良来朗诵，而她则倚着他的肩头，静静地听着。

这本书，现在对他们来说是何等的重要啊，随着一页一页地读下去，他们也被书中情节带到一个遥远的地方，那地方有一群群的牲口在悠闲地吃草，毡房的烟囱口冒出青青的牛粪烟，袅袅地上升。安静说我真想去那里看一看。万喜良说我也想。安静说你知道我最想看什么吗，最想看的是刚生下的小马驹。万喜良说我想看的是草原上的狼，说来也许你都不信，我还没见过真正的野狼呢。接下来，他们开始策划这次阿尔泰之旅。先坐火车或飞机到乌兰巴托，然后坐汽车沿乌兰巴托伸向西南的公路行驶两天，第三天就进入了辽阔的沙漠地带，在这里就只能骑马了，一两天的时间便可到达毕奇格图山的山下，那里曾是成吉思汗大军的宿营地，野兽也最多，狐狸、豹子、狗熊、羚羊和旱獭应有尽有，所以人称这里是猎人的天堂……

安静说我们过沙漠的时候不骑马行不行，我怕摔。万喜良摇摇头说那么远，步行恐怕够呛。安静说我们可以骑骆驼，又快又稳又好玩。

万喜良沉吟了片刻，那样，行期就要拖延一天。不过，最终他还是答应了安静的请求，放弃了马，改作以骆驼为主要交通工具了。万喜良把这一改动记录在案。他们可不是开玩笑，好像是来真的。

看看他们绘制的路线图就知道，他们对这次旅行倾注了多大的心血了。图上用不同颜色的笔详细地标明沿途的每一个宿营地、每一处景点、每一座牧场和每一个村落。这张图是安静根据那个蒙古作家洛德依当巴的小说为线索精心绘制的，万喜良把它放大了一倍。他们毫不怀疑这张图早晚会派上用场，也许就在不久的将来。

不管怎样，这一计划给他们带来了暂时的宁静，无论乙醚，或吗啡，或杜冷丁都不能给他们带来如此的宁静。他们越是投入，就越是陶醉，窒息感没了，疼痛也没了，只有一种倦意像舒缓的溪水，轻轻地撩拨着他们的上下眼皮，让他们在冥想中甜甜地睡去。

到达阿尔泰山脉的主峰，是他们的最终目的，这一点万喜良和安静早已达成共识。据说，主峰常年覆盖着皑皑白雪，耸立在蔚蓝色的天空里，把棉絮般的云彩，当做腰带——书中就是这么说的，那么他们需要准备的东西还有很多，安静初步统计了一下，有登山鞋、风镜、绳缆、帐篷、风灯、铁锹以及锅碗瓢盆什么的。

乖乖，这么多的东西，得要背多大的行囊呀，万喜良说。

你怕了吗？安静问。

万喜良一拍胸脯说你都不怕，我怕什么，喊！

安静说那好，我们的阿尔泰之旅按原计划进行。

没问题，万喜良说。

69

好几次，安静突然出现了休克现象，医生像热锅上的蚂蚁一样的围着她团团转，竭尽全力地实施抢救。万喜良在旁边会不断地提醒他们，轻一点儿，轻一点儿，于是，医生们的动作就变得小心多了，好像安静的皮肤上涂上了一层盐酸，稍微接触一下就可能被灼伤似的。休克中的安静，在万喜良看来，仿佛是另外一个人，只是似曾相识而已。万喜良欠起身子，拼命地冲她喊，醒醒，你醒醒阿尔泰还等着你呢！喊声那么嘶哑，他甚至怀疑那是不是自己嘴巴里发出来的声音。值得庆幸的是，安静的身体抽搐了几下之后，还是在他的召唤下醒来了。她吃力地睁开眼睛，你放心，我会跟你一起去阿尔泰的，她说。他们俩显然有默契的眼神撞到了一处，都会心地一笑，尽管笑得都那么勉强。

安静昏昏睡去以后，医生问万喜良，刚才你们说的是什么，是接头暗号吗？

不，万喜良说，那是我们的救命稻草。

70

现在，他们比任何时候都爱这个世界，爱这个世界的几乎所有，他们是真正的泛爱主义者。他们爱白桦的叶子，爱三叶草上的露珠，爱新鲜的柠檬，爱吉他，爱嗑瓜子，爱巴黎的建筑，爱岳麓书院周围的古老小径，爱围棋，爱海风，爱开屏的孔雀，爱太阳，爱孩子的眸子，爱秋天的黄昏，爱光洁的卵石，爱珊瑚，爱诗，爱布鲁斯的调子，爱旋转木马，爱咖啡，爱夏天的倾盆大雨，爱窗外的景色，爱暖烘烘的篝火，爱浅蓝色的雾，爱一叶扁舟，爱熊猫，爱地下铁，爱网上聊天，爱数码相机，爱肥皂剧，爱夜间酒吧里的火车座，爱于是之演的《茶馆》，爱青春期的梦境，爱李连杰，爱报纸娱乐版的八卦新闻，爱接吻，爱做爱，爱蓝白条纹的睡衣，爱高领运动衫，爱博尔赫斯，爱书房里书籍满架的亲切气氛，爱老式留声机，爱麦芽糖，爱圣诞夜，爱索尔仁尼琴前妻写的回忆录，爱剪报，爱陈道明扮演的方鸿渐，爱骑自行车在小胡同转悠，爱在抽水马桶上看时尚杂志，爱生日派对，爱裸着身子在房间里溜达，爱装得满满的冰箱，爱一边跟恋人亲热一边看电影，爱雨天睡懒觉，爱煲电话粥，爱在阳台上举哑铃，爱玫瑰香型的古龙水，爱橡木家具，爱罗纳尔多，爱撒欢的狗，爱年轻时代的玛格丽特·杜拉，爱骑摩托车兜风，爱陈染的一张黑白照片，爱《纽约时报》图书排行榜，爱烟台道古旧书店，爱青纱帐，爱褪了色的牛仔裤，爱街心花园……

最后

最后，他们还是幸运地走出了医院，跟所有大踏步地走在街上的人们一样，他们也是健康的。她骄傲地牵着他的手，穿行在人流之中，两个人的脚步服从着一个节奏，像跳探戈。病房、病床、病人的呻吟等等都已经成为记忆，都已经成为将来泡吧时的谈资。

街上的每个人，在他们的眼里，都是亲切的，温和的，愉快的，不禁萌发了一种挨个儿去拥抱他们的冲动。

那条街，仿佛永远没有尽头，他们就一直地走下去，走下去。

当然，他们也没忘他们的诺言，选了个风和日丽的好天气，踏上了去阿尔泰的征程。一路平安，十几天以后就进入了毕奇格图山的丛林，他们走过了险峻蛮荒的峡谷，爬过了峰峦重叠的山岭，有时候骑骆驼，有时候就牵着骆驼走，终于在一天的傍晚，攀上了顶峰。晚霞把峭壁照耀得五光十色，炫耀出大自然的壮观和美丽，那些野羊、野兔和野狗都躲在阴暗的角落里，好奇地窥视着他们，甚至还有一对灰毛的野狼也匍匐在草丛间，冷眼观望。安静说我们就在这举行婚礼吧，让这些野生动物来给我们证婚好不好？万喜良说好啊。两人面对群山，私订终身，而且每个人还都给对方客串了一把牧师的角色，他说，你愿意嫁给万喜良为妻吗，无论他是贫穷还是患病，你都将永远跟他在一起？她说愿意。她又把这番话重新问了万喜良一遍，他也说愿意。然后交换了戒指。然后接吻，吻了一遍又一遍。

　　夜幕降临了，他们简单地支起个帐篷，燃起了风灯，那就是他们的洞房。最后一抹夕阳照见了她从敞开的胸衣里露出的乳房，他谨慎地抚摸着它，摸着摸着就不那么谨慎了，越来越疯狂。她尖叫起来，尖叫声惊得飞鸟扑打着翅膀四处逃窜。他停下来的时候，她就鼓励他连续作战，直到两人虚脱了为止。她跨坐在他身上，把头靠在他时起时伏的胸上，倾听着他心脏的剧烈跳动，眼睛里噙满了泪水。他说我们从此可以相依为命，还可以生上一大帮孩子。她说要是有一大帮孩子可够我们操劳的啦。他说我们尽量做好当牛做马的思想准备。她说你能确定你已经把一大帮孩子注入到我的体内了吗。他说我不敢打包票。她风情万种地说那就只好麻烦你再补种一回了。他再次搂抱起她来，但是已没了如饥似渴的感觉，而是更加温存，更加缠绵，他们的呼吸与飒飒秋风交织在一起，如歌。

　　这一夜晚以及接下来的许多个夜晚，他们都是相拥着进入到同一个梦乡。月如钩，星如豆，微弱的光覆在他们裸着的身上，与长满青苔的岩石融为一体，宛若一对长眠的圣子，童话一般……

　　可惜，这是个梦。